ソン・ウォンピョン
矢島暁子 訳

三十の反撃

THE COUNTERATTACK
OF THIRTY
SOHN WON-PYUNG

서른의 반격
손원평

祥伝社

三十の反撃

装画　0・1
装幀　須田杏菜

三十の反撃　目次

서른의 반격

Originally published in Korea by EunHaeng NaMu Publishing Co., Ltd.
This Japanese edition is published by arrangement with
EunHaeng NaMu Publishing Co., Ltd. through KL Management
in association with Barbara J. Zitwer Agency and CUON Inc.

This book is published with the support of
the Literature Translation Institute of Korea (LTI Korea).

1　一九八八年生まれ

私が生まれた頃、韓国には鼻の大きな男が一人住んでいた。彼は、退役将軍で白髪(しらが)交じりの男だったが、いろんな意味で、決してありふれた人生を送ってきたとは言えなかった。しかしなぜか六十近くになった頃、突然「普通の人」という言葉を口癖のように言うようになった。その言葉がよほど気に入ったのか、自己紹介をする時も自分のことを普通の人だと紹介し、人に信じてもらえないかもしれないと思うのか、話の最後にはいつも、信じてください、とまで付け加えた。彼は、普通の人の時代が来る、と絶えず言って回っていたが、ちょっと聞いただけだと詭弁(きべん)のようにも聞こえるその言葉を背負って、なんと大統領の座にまで上り詰めた[1]。その後も、彼の歩みは並外れていた。その最たるものとして、退任後先代の大統領と並んでお縄になり、新聞のヘッドラインを飾るなど、普通の人にはなかなか経験できない人生をしっかりと送った。

私が知っているのはそのくらいだ。それ以前に起こった血と広場と闘争の[2]、今に語り継がれる出来事は、写真やドキュメンタリーで見ただけの昔の話に過ぎない。世の中は何歩か前に進んだけれど、その何歩かがすべてのようだ。依然として理不尽が幅を利かせていて、もちろん普通の人の時代は来なかった。代わりに世の大勢に頭を下げてうなずきながら、あらゆる手段と方法を使って、私はほかの人たちとは違うすごく特別な人間なんだと、だからどうか私に注目してくれと、ありったけの力を込めて叫ばなければならない時代がやってきた。私は、よりによってこの時代に青春の終わりを迎えたたくさんの人たちの中の一人だ。

　もちろん、私にも始まりがあった。ほとんどの誕生がそうであるように、私の人生の始まりも、ある人にとってはいつまでも語り継ぐ特別な思い出だ。私の名前についての話が出るたびに、母は国じゅうがホドリ[3]のマークで埋め尽くされ、フープ少年[4]がフープを転がしていた暑い夏の日の話をした。発展途上国で開かれるオリンピックに世界の関心が集まり、国じゅうの人たちが、果たして八歳[5]の子どもがフープを転がしながらだだっ広い競技場を失敗せずに横切れるか、拳を握りしめて見守った。

　連日競技が中継され、開幕式の日にフープを転がすのに成功した少年の映像が、繰り返し画面を埋め尽くした。競技が続き、夜になると私たちが住んでいたチュンゲ洞の古いアパートのあちこちの部屋から大きな歓声やため息が聞こえてきた。

　母は、膨らんだお腹の上に手を置いて、ソファーに寝そべってテレビを見つめていた。立秋が過ぎてひと月以上経ったが、暑さは衰えを見せず、母の手は、顔に風を送ろうと絶えず上下に揺れていた。前の日に酒を飲んで帰ってこなかった夫への怒りで、母の眉毛は眉間にぎゅっと寄っていたが、それは表面的な理由に過ぎず、実際に頭の中を占めていたのは、もうすぐ生まれるお腹の赤ちゃんにつける名前についての気がかりだった。

　私は、チュボン（秋峰）という名前がつく運命だった。秋の頂点、華やかさの極みといった意味で、昔、北朝鮮で漢文の先生をしていた父方の祖父が自ら画数を鑑定して付けた貴重な名前だった。三代続きの一人息子である父は、避難民としてしぶとく生きてきた祖父の意向に逆らう偉人にはなれなかった。もちろん、その父の耳に、母の不満の声など入ってくるはずはなく、母は、お腹の赤ちゃんがチュボンという古めかしい名前で生きていく未来を想像しては悲嘆にくれ、何日も涙で夜を明かした。父は、それでもびくともしなかった。慰めに父がかけた言葉は、せいぜいこんな程度だった。

「秋に生まれることになってまだ良かったと思わないと。春だったら、チュンボンになってたかもしれないだろ。名字がコじゃなかったこともラッキーだよ。コ・チュボンよりはキム・チュボンの方がましだろ」

　父の言葉にちょっと耳を傾けていた母は、すぐにまた泣き出してしまい、父は場違いな咳払いの音でその泣き声が聞こえないふりをした。六〇年代初めに生まれ、ペ・マルスクという名前を持つ母には、自分の赤ちゃんにかわいい名前を付けたいという願い、あるいはロマンがあった。けれど母にできたのは、せいぜい私が女の子ではないことを祈ることくらいだった。

もうすぐカール・ルイスとベン・ジョンソンの百メートルの競技が始まるところだった。母は、少し前からお腹の中の気配がいつもとは違うように感じていたが、それが規則的な間隔だということを認識するには、あまりにも心がいろいろな思いでいっぱいだった。夫への恨みと、生まれてくる赤ちゃんが一生背負うことになる名前を心の中で繰り返しながら、しきりに手の爪の周りのたこをむしってばかりいた。祖父は母の妊娠の知らせを聞くとすぐに、生まれる月を計算してチュボンという名前を残し、ほどなくこの世を去った。生きてさえいれば交渉もできたかもしれないが、呪いのような遺言を残して亡くなった祖父のことが母は憎くてたまらなかった。しかもどこで何をしているのか、臨月の妻を置いて連絡もつかない夫のことを思うとあまりにも悲しくて、とうとう母は涙を流した。

その時、本格的な陣痛が始まった。母は震える手で、本心とは裏腹のふだんは使うことのない丁寧な言葉で、力を込めてメモを書いた。

――赤ちゃんを産みに行きます。早く来てください。

母はやっとのことで外に出て、しばらく待った末にタクシーを捕まえてなんとか無事に病院までたどり着いた。陣痛がだんだんひどくなってきた頃、ようやくどこかで迎え酒と称して昼間から飲んでいた父が、赤い顔をして現れた。

母は、苦痛で獣のようなうめき声を上げているさなかでも、力を振り絞って父を睨みつけた。ばつの悪そうな顔になった父は、ぼそぼそとつぶやいた。

「ベン・ジョンソンが勝ったらしいよ」

そう言い終わるや否や、そんなことは後にも先にも一度だけだったが、父は母にひっぱたかれた。母の陣痛は長くてしぶとかったのだが、私がどうしてそんなにお腹から出てきたくなかったのか、自分でもよくわからない。九か月の間過ごした母のお腹の中の居心地が良かったのか、チュボンという名前を付けられるのが嫌だったのか、あるいはこれから対面することになるこの世の中が怖かったのか。

陣痛は丸二日間続き、母はやつれていった。手術を勧める医者の言葉にも、母は苦痛に歪んだ顔で、一つどうしても解決しないと子どもを産めないことがある、と意地を張った。医者は、こんな産婦は初めてだとひどく驚き、父は地団駄を踏んだ。実は母には魂胆があった。どんな苦痛に耐えてでも何としても実現するつもりだった。しびれを切らした医者がメガネをずり上げ、このままだと産婦も赤ちゃんも危険だと告げたとき、母は幾度となく哀願していた問題について最後通牒(つうちょう)を突き付けた。

「死んでもチュボンはだめよ。ちゃんと約束して」

父は真っ白な顔をして、すでに亡くなっている父親ともうすぐ死ぬかもしれない妻の間でしばらく悩んだ。結局は、生きている人を生かさなければならなかった。父は母に向かって大きくうなずいた。母はその緊迫した中、医者の目の前で父に念書を書かせた。

「私の知らないうちに出生届を出しに行ったら、赤ちゃんを連れて逃げるから、そのつもりでいてください。嘘(うそ)じゃないからね」

手術室に入る直前、突然、おしるしが来た。母は本で見た通りにフッ、と短く強く気合を入れた。フッ、フッ、フッ、三回で赤ちゃんが出てきた。女の子だった。母は安堵(あんど)と感激の涙を流して、あやうくキム・チュボンになりそうだった私をぎゅっと抱きしめた。とにかく、私が肺呼吸を始めて何時間か経ち、すやすや眠っていた生まれて最初の夜、母の逆転勝利を象徴するかのように、百メートルの金メダリストはベン・ジョンソンからカール・ルイスに入れ替わった。

そんな涙ぐましい戦いを経て、まだ産後の養生もままならない母が夜を徹して字典と格闘した末、私の名前は、八八年のオリンピックの年に大韓民国で生まれた女の子の一番多い名前、キム・ジヘになった。

誕生はドラマチックだったが、その後の私の名前にまつわるエピソードは、カール・ルイスやベン・ジョンソンとは違って、華々しいというわけにはいかず、むしろ物悲しいという方が近い。

例えばこんな感じだ。小学校の入学式の日、出席をとる先生に名前を呼ばれて、私ではなくほかの子が先に返事をする。その子の名前もキム・ジヘだ。次に先生はまたキム・ジヘと呼ぶが、その時もほかの子が先に答える。しばらくしてから私は、出席簿に私の名前が「キム・ジヘ(ダ)[6]」と書かれていると知ることになる。

学生時代、ずっとこんなことの繰り返しだった。学年が上がってカ・ナ・ダがA・B・Cに替わる程度の変化があるだけで、周りにはどこにでもジヘが山のようにいた。中学の時だったか、クラスにジヘが五人いたことさえあったが、それはちょっとした見ものだった。大きいジヘ、小さいジヘ、白いジヘ、黒いジヘ、太ったジヘといった具合に、名前ではなく形容詞が区別の基準となった。私はその中でも一番目立たない「小さいジヘ」だったが、私が小さいからというよりも、大きいジヘがずば抜けて大きく、それに比べれば私は大きくなかったからだった。とにかく全国のジヘたちは、やはり全国に相当たくさんいるミンジ、ウンジ、ウンジョン、ヘジンたちと、ヤンニョム(韓国料理の合わせ調味料)のようにクラスに一人くらいはいるボラム、アルム、スルギたちと一緒に、すくすくと育っていった。

新しいクラスや塾の景品の抽選発表などで同じ名前を見つけるのは難しいことではなかった。お菓子を食べて袋の後ろを見ると生産工場の責任者名に私の名前が書かれており、有名な芸能人の本名もまた私の名前だった。そうなると、私の名前というよりは、イヌ、ネコと同じ普通名詞のようにさえ感じられた。ちょっと残念に思うこともあったが、結果的には私にぴったりの名前だった。ときにはその無数にいるという匿名性の中に隠れられることが幸いだった。自慢できることの多くない人生には、その方が合っている。

もちろん、たくさん受けた入社試験に次々と落ちた時、特に一番入りたかったDMグループのコンテンツ企画部の最終合格者のリストに、私ではない別のキム・ジへの名前を見つけた時は、胸が痛かった。けれども、諦めることにはとっくに慣れていたので、それが私に与えられた運命だと考えるようになるまでに、それほど長い時間は必要なかった。

カール・ルイスは、ベン・ジョンソンとの決戦の前に素敵な言葉を残していた。

――これまで僕の前を走った人間はいない。

ベン・ジョンソンも負けずに言った。

――俺は人の背中を見て走るなんて考えたことがない。

しかしそんな言葉は、私に与えられた台詞ではなかった。私は大勢の人たちが参加した市民マラソンの大集団のどこかにいた。息が切れるほど走りながらも、途中で棄権しないことだけを考え、どこなのかもわからない目的地に向かって、みんなの間に紛れてせわしなく足を動かしているだけだった。それが特に悲しくないということが、ときには淡々と微笑むこともできるということが、幸いと言えば幸いだった。

こうして私は、今のような私になった。

2　その叫び

「ヨン（연）だろうと、ヨンｸﾞ（영）だろうと」

隣の席のユ・チーム長が、苛立ち混じりにつぶやく。受講料入金の確認のために電話をしたのだが、チェ・ジェヨンｸﾞさんにチェ・ジェヨンと間違って言ってしまい、怒られたとぶつぶつぼやいている。ヨンとヨンｸﾞは、ンとンｸﾞの違いがありますと答える代わりに、私は紙の束を抱えて事務室を出た。大きなコピー機が窓の前にでんと置かれている。この前インテリアを新しくしたばかりのオフィスには似つかわしくない古いコピー機だ。でもどうにか動くからと替えずにいる。私はいつものようにコピーを始める。「芸術と哲学」の講座なのでコピーの量が多い。単純な作業だが、どんな仕事にも要領というものがある。

まず、コピー機のふたが壊れているので、分厚い本で重石をしなければならない。そうしないと強い光が目に入ってちかちかするのだ。コピーの量は一日だけでも相当なので、用紙を滞らせることなく最大限短い時間で作業を終わらせるには、用紙を入れるタイミングが重要だ。ある日ユ・チーム長に、私がつかんだそんなコツを披露した。すると、どうやってもコピーはコピー、という言葉が返ってきた。そのうち新しいコピー機が入るからそれまでの辛抱だ、ということだ。でも楽になったら、そのぶん私の居場所は小さくなるだろう。

昔、「象を冷蔵庫に入れる方法」という他愛のないなぞなぞが流行ったらしい。冷蔵庫のドアを開ける、象を入れる、冷蔵庫を閉める。コピーも似たようなものだ。ふたを開ける、用紙を入れる、スタートボタンを押す。原因と結果がはっきりした、一種の関数のようでもある。私は決して変数にはなれない関数だ。

コピー機が吐き出す金色の光が頰の上をよぎるたびに、プラトンとアリストテレスの言った言葉が出てくる。芸術家を嫌悪していたプラトンと、ある程度認めていたアリストテレス。アンディ・ウォーホルの缶詰とマリリン・モンローの写真も流れ出てくる。唯一無二のオリジナルか、複製とレディーメイドの美学か。芸術の本質についての講義のようだ。芸術は創造か模倣か、芸術の機能は何なのかというような。大学の教養の講義で聴いたのとそっくりの内容だ。みんな何のためにこれを聴きに来るのだろうか。こんな知識が人生に何の役に立つというのか。

窓の外に視線を向ける。すぐ前には大きな木が伸びているが、まだ葉が出ていないので何の木かはわからない。肝心なのは木の種類ではなく、建物の中から外が見える数少ない場所がここだということだ。デパートでもないのに、この建物には窓が少ない。講義中に窓の外を眺めるような行為は、教養ある人間にはふさわしくないということか。とにかく、久しぶりの外出に遅れてはならない。講義のスケジュールに合わせてコピーした資料を講義室に置いてきて、かばんを背負う。

「それにしても本当にこんな私物まで、わざわざ持って行ってあげなきゃならないんですか?」

出かける直前に本心をおくびにも出さず、どうでもいいことのように質問した。言い終わるや否や、お小言を食らう。

「社会生活をしたことがない人の常識のなさが、こういうところに出るのよ。いちいち説明するのも面倒だから、この機会に外の風にでもあたって来なさい」

簡単な作戦は成功。こういう細かいことに頭を使わなければならないのは面倒くさいけれど、これで少なくともサボっているとか、椅子（いす）の片付けをしなければならないのに出かけるなんていいわねというような嫌味は聞かなくて済む。

ユ・チーム長は私より十一歳上で、もう何年もここで働いて最古参になっていた。臨月の身でプレゼンテーションをして、名だたる海外のポップスターたちの韓国公演を成功させたことは、彼女がいつもする自慢話だった。そんな華麗なキャリアがあるのにどうしてここに来たのか、勇気を出して聞いてみたことがある。ため息とともにユ・チーム長はこう言った。

「いずれわかるわよ。結婚して子どもを二人くらい産んでみれば」

　子どもを産んでみればわかるというのは、ユ・チーム長のうんざりさせられる口癖の一つだった。それなりに厳しい人生を送ってきたからか、彼女は年寄りたちに取り入るのはもちろん、何かのついでに自分の存在や手柄をアピールするのもうまかった。そんな涙ぐましい努力家だけあって、ユ・チーム長は決して心を開ける相手ではなかった。そんな上司の横で居心地よく過ごそうと思えば、彼女ほどではないにしても、ある程度は頭を使わなければならない。三十歳を過ぎて下っ端（したっぱ）のインターンとして来たからには、嫌でも従うしかないのだ。

　建物の外に出て道の向かい側からバスに乗った。毎日ここに出勤しているけれど、こうして少し遠くから眺めるのも久しぶりだ。建物の外壁に浮き上がるように刻まれた「Diamant」という文字が輝いている。あの文字を「ダイアモント」と読んでしまう人も多いだろう。韓国でも屈指の企業グループＤＭを知らない人はいないと思うが、ＤＭがディアマンのイニシャルであり、ディアマンがフランス語でダイアモンドという意味だということまで、すぐにピンとくる人がどれくらいいるだろうか。それは、それだけＤＭが固有名詞として認識されているということでもある。ひとつの単語をあえて二つのイニシャルに分けてＤＭと呼んでいるのは無理やりな感じはあるが、ハングルで「ダイアモンド社」という名前をまず付けた後に、それらしいイニシャルが必要だったのだろう。

セメント会社から出発して、建設、食品、化粧品などさまざまな分野に手を伸ばし、のし上がったＤＭの成功神話は、ほかの大企業のそれと大して違わない。違う点があるとすれば、ＤＭはその中でも早くから文化事業に参入し、そのためわが国の文化に与える影響、というより大韓民国の文化事業に占める割合が、群を抜いているということ。映画や演劇、音楽や食品まで、ＤＭが扱うものは、その名の通りすべてキラキラしていてとても素敵だ。そんな多岐にわたる事業の中で、差別化という旗印を掲げて独自の道を歩んでいるのがディアマンアカデミーだ。噂(うわさ)では、小学校を中退した初代会長には密(ひそ)かな劣等感があったそうだが、アカデミーは言ってみればその劣等感が生み出したＤＭグループの異端児だった。

まず場所からして、江南(カンナム)一帯とその周辺に陣取ったＤＭの多くの系列会社からぽつんと離れたチュシン洞(ドン)の裏通りにある。昔はソウルの代表的な貧民街だったが、あちこちで再開発が進められていて、ところどころ穴が開いたように空き地になり、その間(あいだ)に古いアパートが点在している。そんなみすぼらしい風景の再開発予定地に、独り華やかな姿を誇り、そびえ立っている巨大な建物がディアマンアカデミーだ。

ところどころパールのように輝くアイボリー色の建物のてっぺんに、ダイアモンドをイメージしたような大きなガラス玉をちりばめて造った広告塔。日の光を受けると華やかに輝くが、雨や曇りの日には異様に黒ずんで威圧的に見える。今日は天気が良くて建物全体が輝いている。輝きすぎて文字がぼやけるほど。さすが大企業が造った象牙（ぞうげ）の塔だけあって外観は申し分ない。人々はここにアカデミックな何かを学びに来る。よくある文化センターとは違って、「レベルの高い教養」を自負しているディアマンアカデミーは、初級ラテン語講座から現代フランス哲学まで、知的で上級な幅広いカリキュラムを誇っている。

アカデミーのインターンとして入ったのは、魂胆があってのことだった。ＤＭグループの正規採用には落ちたが、運よくここで正社員になって働けば、経歴を認められて本社に入るチャンスもあるのではないか。でもいったいいつ？　私を乗せたバスが市内に向かって大きくカーブを曲がった。

光化門（クァンファムン）の大通り沿いのコーヒービーン（韓国で全国展開しているカフェチェーン）に入った。立春が過ぎ、アパレル業界や広告ばかりが春だ、春だと言っている二月の初め、空気は依然として冷たい。頬杖をついて窓の外に視線を移した。厚いコートを着てせわしなく歩く人々の合間から、ところどころに咲いているレンギョウがぱっと目に飛び込んでくる。氷点下の気温と強い風にさらされているレンギョウがかわいそうだ。先週異常気象で三日間気温が十度を超えたせいで、何の罪もないレンギョウが、本物の春だと錯覚して早く出てきてしまった。今更引っ込むこともできず、春でもないのに花を咲かせて、後は凍って死んでしまうだけなのか。とはいえ、黄色いことは本当に黄色い。

目に痛いほどだ。この灰色の都会で、君だけがどうしてそんなに潑剌としているの？

レンギョウのことを考えるのをやめて時計を見た。約束の時間を十五分も過ぎたのに、パク教授は連絡もなく遅れている。しかし、彼は私という人間に会いに来るわけではない。私が持っている物をピックアップしに来るのだ。

ここ何年かの人文学ブームのおかげで、うちのアカデミーもずいぶんいい思いをした。その中でも、パク・チャンシク教授は人気で言えば一番ホットだった。大学生の頃からよく噂に聞いていた彼の「エロティシズムと愛」という講座は、同名のタイトルで刊行された本の人気に後押しされて、受講定員を七十人まで増やした。そのくらいになると、普通の講義ではなく講演か特別講義みたいな感じもするが、受講生は減る気配を見せなかった。

この冬学期、初めて担当した彼の講義はちょっと衝撃的だった。私は毎週各国のさまざまなポルノ写真をコピーしなければならず、講義の時間には獣姦をはじめあらゆる哺乳類のさまざまな性行為が収められた映像をプロジェクターにかけた。そうした行為が暗示する哲学と美学を解き明かすのが、パク教授の講義の内容だった。私は刺激的な映像を説明する彼の昂ぶった声を聞くと気分が悪くなるので、講義の資料をセッティングすると急いで講義室を出てしまうこともあった。

遅まきながら人文教養のベストセラーである彼の著書を読んでみた時、私は驚いて声も出なかった。パク教授の講義は、本に書かれているのと一言一句違わなかった。付け加えることも、アレンジもない。ただ本の中からどこかを選んでそのまま読んで、本に載せた画像をもう少し画質の良い写真で印刷して配り、本に書いた内容が肉声になっただけ。それでも人気が高かった。ユ・チーム長は、そうやって「そのまま」やるのが人気の秘密だと言った。

「創造的すぎるのは頭が痛くなるの。適度に簡単で有名なものを実際に経験できればそれでいいのよ。人は、自分がレベルの高い何かを体験したと自慢に思うの。その自慢は、インスタグラムにアップされて噂になって広がる。企画が成功するっていうのはそういうものよ」

かばんの中から、黒くて細長くて薄べったい機械を取り出して、テーブルに載せた。iPhone 7 Plus。この黒い物体が、この瞬間、私の存在意義だ。パク教授が講義室にケータイを忘れていったのだ。彼は図々しくも電話をかけてきて、忙しくて取りに戻る時間はないので、申し訳ないがケータイを持ってきてもらえないかと要求し、その結果、私は外勤という少し気まずい名の平和な午後の時間を手にしたのだ。

まだ契約したばかりのように見えるケータイは、指紋と手脂でベタベタしている。なぜかその中に、獣姦の映像と各国のさまざまなポルノがたくさん保存されているような気がする。私は刺激的な想像をかき消して、温かいラテを静かに飲んだ。

平日の午後にこうしていると、余裕のある文化人にでもなったような錯覚を覚える。実はここは、私にとってなじみのある場所だ。就職活動をしていた頃、コーヒーを一杯だけ頼んで一日中ここに座っていた。パリッとした服を着て社員証を首から下げた人たちが、昼時になるとここに群がる。都会の真ん中の摩天楼で働いているというだけで、彼らを見る私の眼にはいつも羨望がこもっていた。彼らの姿から勇気をもらいたくて、私もきっとああなるんだと心に誓い、冷たくなったマグカップに水を入れて、一日中座ってTOEICの勉強をし、履歴書を直し、唇を動かして面接の練習をした。

物思いにふけっていると、カフェのドアを開けて入ってくるパク教授の顔が見えた。どこか気ぜわしく、面倒くさそうだった。私は、自分の微かな存在を目に入れてもらおうと体を起こした。その時突然、大きな声が店内に響いた。

「よう、パク先生」

その声からすべてが始まった。

*

声は、その場の注目を一つに集めるのに十分だった。体全体を共鳴体に使った太くて低い声だった。私は――パク教授も、カフェにいるほかのすべての人たちも同じだったが――声の主の方に視線を移した。パク教授から優に十五メートルは離れた店の隅に、一人の男が立っていた。それはあいにく、その男が私のすぐ横に立っているということだった。

「外国のポルノサイトなんか集めて、人文学だとか称して講義して恥ずかしくないんですか」

男は号令でもかけるように大声で叫んだ。私は、彼の仲間だと思われないように、最大限体を後ろにずらしながら、驚いて彼を見上げた。声に似合った、山賊みたいな風貌だ。顎を覆った濃いひげにぼさぼさの髪。がっしりした体格とは対照的に、鼻筋と顎のラインはちょっと神経質そうだ。気が付くとカフェの中は水を打ったように静かになっていた。

パク教授はメガネを持ちあげて、前方にいる相手が誰なのかよく見ようと眉を寄せた。私は、立ち上がろうとしていた腰をそっと下ろした。

「誰……」

教授の声が小さく震えた。

「誰ですって。もうお忘れですか？　先生が本をお書きになった時バイトで行ってたでしょう。細々とした雑用にさんざんこき使ったあげく、私が書いた原稿をそのまま出版社に渡して、結局バイト代も払ってくださらなかったですよね。ポルノサイトを使って講義したり、他人の成果を横取りしたりして恥ずかしいと思わないんですか。何年か前の未成年者へのセクハラ事件は解決したんですか？」

男は暗記してきたかのように、一度もつっかえることなく大きな声で言い捨てた。周りの人たちは身動き一つせずに彼の表情を見つめ、店員はどうしていいかわからず、お盆を脇に挟んだままほかの店員と互いに視線を交わすだけだった。声が大きいということを除けば、男がひどい乱暴を働いているわけでもないので、事態を収めようと進み出るのもどうかという状況だった。

教授の顔はだんだん白くなり、反対に髪の毛のほとんどない額は赤く火照って、まるで色の違うふたをかぶせたみたいに見えた。パク教授はすっかりうろたえた様子だったが、何か言い返そうにも男との距離が遠すぎた。最後に男が一喝した。

「恥を恥とも思わないで生きていると、いつか人生のすべてを恥じる日が来ますよ」

そう言い残すと、男はひゅんと風を起こしてカフェの外に出て行った。店内には小さくざわめきが起こり、ひそひそと話す姿が目に付いた。パク教授は停止ボタンを押したように固まっていたが、人びとの視線に感電でもしたように、体をわなわなと震わせて外に出た。私も慌てて教授を追いかけた。とにかくケータイを渡さなければならなかった。教授は廊下の隅に背中を丸めて立って、額の汗をぬぐっていた。

「こんにちは、先生」

微笑みながら、何事もなかったように彼にケータイを渡した。

「ほんとに、この私が、なんてことだ……。若い人たちがあんなふうに考えるようになったら、発展がありませんよ、発展が。ん?!」

教授は、叱責するように私を指差して声を荒らげた。私は小さくため息をついて、そっと眉をあげた。私は何も知らないし、何の関係もありません、という意味のジェスチャーなのだが、自分の言葉に酔ってべらべらしゃべる人の前で、適切なタイミングでやれば効果がある。「ちょっと口を閉じてもらえますか」と言い放つのは、立場上許されないから。

しかし教授は、あまりにも激昂(げきこう)していて私の小さな抗議に気付かなかったのか、ほんとに、この私が、なんてことだ、と何回も繰り返してからこちらを振り返った。彼がありがとうと言うかどうか、一人心の中で賭(か)けをしていたのだが、結果は? あなたの想像にお任せする。

コーヒービーンに戻り、席に座った。万が一にも途中でまたパク教授に出くわすのは嫌だった。ぐずぐずと十五分くらい雑誌をめくってから、立ち上がった。ユ・チーム長からカカオトークのメッセージが八つも来ていた。確認はしなかったが、最後のメッセージが「いつ戻って来るの?」だったところを見ると、前のメッセージは見るまでもない。バッテリーのせいにでもするかと考えて、最後まで開けなかった。カカオトーク未読の証である〝1〟を守らなければ!

帰りは地下鉄に乗った。さっきの騒動が何を意味しているかはわからなかった。しかしその叫びは、忘れていた何かを思い出させるには十分だった。

D大学の英文科の教授だったパク教授は、二十年前に教授職を追われた。未成年者と車の中で性的関係を持ったからだ。未成年であることを知っていたのか知らなかったのか、いろいろ言われたが、結局は実刑にはならず、執行猶予二年ほどでけりがついた。もちろん、有名大学の教授が未成年者と車の中で性的関係を持ったという事実は世間の話題となり、彼はそのことで教授職を失った。しかし、人生はどんな形であれ続くものだということなのか。パク教授は再起に成功してベストセラー作家となり、もう教授ではないのに今でも教授と呼ばれて、スター講師として忙しいスケジュールをこなしている。世の中とはそんなものだ。私は目を閉じた。

地下鉄は轟音(ごうおん)を立ててスピードを上げている。頭の上は今どの街あたりだろうか。曲がったりくねったりする揺れを感じていると、ふと自分が都会の皮膚の下を動き回る寄生虫のように思えた。地上を車で走ったりせかせか歩いている人たちの中で、自分の足の下を電車が騒がしく走り回っていると考える人が、今日一日に何人いるだろうか。みんな、知ってはいても考えてみたことはない。あるいは、忘れて暮らしている。

人の気配に目を開けた。誰かが私に近づいてくる。知っているとは言えないが、どこかで見たような顔。考える間もなく、彼はちょうど席の空いた私の隣に、どっかりとお尻を入り込ませて座った。知らない男の背中が後ろにもたれかかって領域を広げていく間に、私は彼の正体に気付いた。カフェでパク教授に舌鋒（ぜっぽう）でパンチを食らわせた顎ひげの男、つまり三十分くらい前に私の横に立っていたあの男だ。そんな！

　男が胸元から何かを取り出して広げた。地下鉄の入り口で配っているフリーペーパーだ。彼は、紙をやかましくバサバサさせてめくったかと思うと、ごそごそとポケットを探ってペンを一本取り出した。そして故事成語の単語クイズを解き始める。今どき、単語クイズのアプリでもなくクロスワードパズルとは。向かいの窓に映った男は、ひと言で言い表すのが難しいタイプだ。最大限頭を動かさないようにして、横目で彼を観察した。太い腕に毛がびっしり生えている。ただ一本一本が長くないので、見た目はそれほどうっとうしくない。一見頑丈そうな体つきでごつい印象だが、肌は白くてすべすべしている。くるっと上に向いた睫毛（まつげ）がとても黒くて長い。男がまばたきをするたびに、睫毛がメガネのレンズをワイパーのようにこすった。

　私は肩越しに、彼が토사구팽（トサグペン）（兎死狗烹）―구사일생（クサイルセン）（九死一生）―사생결단（サセンギョルタン）（死生決断）―결자해지（キョルチャヘジ）（結者解之）―지고지순（チゴジスン）（至高至純）―고진감래（コジンガムネ）（苦尽甘来）まで、クロスワードパズルをすべて解き終えるのを黙って見守った。どう見ても三十にはなっているように見えるが、月曜日の午後にかばん一つ持たずに暇そうに地下鉄に乗っているところを見ると、定職についていないことは明らかだ。見た目からすると、売れない漫画家のようでもあったし、弘大（ホンデ）[7]のあ

たりを転々としているインディーズのミュージシャンのようでもあったが、さっきのことを思い出すと、彼の現在が明るくないことだけは確かだ。勝手な推理を続けているうちに、男はクロスワードパズルの次のページに載っている求人求職欄を念入りに見る行動によって、自ら無職だということを知らせていた。骨太な手首の甲側には、星形のタトゥーが彫ってある。どこに行っても絶対に忘れられそうにない男だった。

かばんの中でケータイが振動するのを感じる。ユ・チーム長だった。出ようかどうしようか迷った末、音を消してしまった。その間に男は消えていた。いつの間に、あのずっしりした体を起こして立ち上がったの？　再び空いた私の隣の席は、すぐに別の人で埋まる。ユ・チーム長からのメッセージが二十一個に増えていた。ピロンピロンと、休みなくどんどん増えていく。私もそんなことをしたことがあった。別れようと言う恋人に一晩中カカオトークを二百回も送って、最後まで消えなかった未読の〝1〟が悔しくて泣いたものだ。

電車がホームに滑り込んだ時、私はすでにドアに体をぴったりくっつけて、指紋で汚れた銀色の手すりをぎゅっとつかんで、駆け出す準備をしていた。私を待ち焦がれている気難しい上司とやっていくには、これくらいの肉体的緊張を見せてあげるのはせめてものお愛想だ。

そのことで私は、ユ・チーム長のかなり長くてきつい小言を聞かなければならなかった。単純なお使い程度の外勤になんでそんなに時間がかかるんだというのが表向きの理由だったが、その裏には、自分が講義室の椅子を並べさせられたという怒りがたっぷり込められていた。仕事場では絶対に肉体労働をしない。それがユ・チーム長の考えるホワイトカラーとしての鉄則であり、正規職とインターンを区別する基準だった。

その日の夜、家に帰ってパク教授の名前を検索した。記事の大部分は、彼の人気の講演についてのものだった。二十年前の醜聞に関する記事もたまに出てきたが、すでに相当埋もれた話題で、それを目的として掘り返さない限りは簡単に出てくる情報ではなかった。もう少し探してみると、いくつかの掲示板で彼の論文が大学院生の研究結果をパクったものだという、真偽不明の情報も出てきた。しかしそのせいで彼の名声に傷が付いた様子はなく、ただ陰でひそひそ話されている噂みたいなもので、しかもずいぶん古い書き込みだった。この前、アカデミーの職員たちとの会食の席でパク教授が言っていた言葉を思い出した。

「ここの講義はね、言ってみれば江南（カンナム）のマンションのチョンセ金[8]を数年引き上げないでいるのと同じようなもんですよ。そう考えると、僕も実に義理堅い男じゃないですか、ハハハ」

自分が今でも人気があり、権威ある名士だという自意識は、そんな質の低い台詞になって出てくる。本当に言いたいことは講師料を上げてくれということなのだが、大企業の傘下だからと人が思うほどアカデミーの運営資金は潤沢ではなかった。彼があれこれ口実をつけて結局春学期の講義をやめたのは、自然の成り行きだった。とはいえ私が彼のケータイをわざわざ持って行ったのも、やはり彼の権威への服従だったのだろう。私は、過去の事件がただの噂話のように書かれたネットの画面を閉じた。

事務室には、その日見たパク教授についての話はしなかった。パク教授に特別な好感も反感もなかったけれど、それでもそれが礼儀のような気がした。ユ・チーム長みたいに人の陰口を言うのが好きな人に美味（おい）しい餌（えさ）を与えるつもりもない。

私の前で上司風を思い切り吹かすユ・チーム長の上にも、どうしてそんな肩書きを持っているのかわからないパク理事、ユン次長、キム部長といった人たちがいた。記者出身のパク理事は、アカデミーの顔として名ばかりの社長だった。ユン次長は、パク理事が新聞社で働いていた時の後輩を連れてきたケースで、パク理事の話し相手という役回りだ。私の見る限り、パク理事とユン次長の仕事は、株や政治の話をしたり、碁を打ったり、たまに影響力のある誰かが訪ねて来るとぺこぺこして自分の名刺を差し出すのがすべてだった。

実権を握っているのはキム部長だった。彼が、実質的に仕事を決めてＤＭの本社に報告し、下に指示を出す事実上の最高責任者だった。アカデミーの中にはマーケティングチームや会計チームなどの部署もあったが、大部分の仕事はキム部長とユ・チーム長に任されていると言ってよかった。多少変則的なシステムだが、大きくない組織だからできることだった。親会社のＤＭは、主力事業の食品や映画事業に力を入れていて、ディアマンアカデミーは、どうしたことか誤って生み出された突然変異のようなものだったから。

＊

どのスクールも、春学期が一番人が多い。まだ年が始まったばかりという心理的緊張感とともに、三一節（三月一日。一九一九年の三・一独立運動を記念する祝日）の翌日には、全国の小・中・高・大学の新学期が一斉に始まる。ディアマンアカデミーも同じだった。この時期、何かを学んでみようという受講生の数は爆発的に増える。アカデミーの全般的な改編が行われるのも三月だ。当分本社からの人材の派遣はないと聞いていたし、内心アカデミーの正社員に起用されるのではないかと、心配半分、期待半分で何日かを過ごした。

インターンとして採用されてもう九か月が過ぎていたし、特に小細工などしなくてもそろそろ声がかかる頃ではないかと思って、ただ真面目に仕事をした。正社員になるからといって大きく変わることはないだろう。四大保険（国民健康保険、国民年金、雇用保険、労災保険）、若干上がる給料、やって当然の残業、良いことばかりとは言えない。それに私は、このアカデミーが終着駅だと考えたこともない。DM本社のコンテンツ開発チームならともかく。アカデミーの正社員は、せいぜい次善の中の次善だ。とはいえ、それでももし正社員の打診を受けたら、なんて答えたら良いだろうか。

「インターンをもう一人入れましょう」

余計な心配を一発で吹き飛ばしてしまう、キム部長のひと言。

「インターン募集の広告はジヘさんが出しといて」

続くユ・チーム長の言葉で、面倒な仕事が一つ増えただけだった。

いくつかの求人サイトに手短な求人広告を載せた。インターン募集。事務職。時給は別途協議。本社異動制度あり。もちろん時給の協議と本社異動制度ありというのは、建前として書いた言葉に過ぎない。近いうちにご飯でも食べよう、という言葉と同じで、守られるはずがないことを知りながらも一応言っておく、求人広告の決まり文句なのだ。キム部長とユ・チーム長は、今回のインターン募集の競争率がどれくらいになるかでケチな賭けをした。実際、私が選ばれた時でさえ、競争率はなんと五十七倍だった。一日中コピーをし、椅子を並べるために五十六人の競争相手を退けたという事実は、あまり誇らしくはなかった。私にも何人くらい応募があると思うかとしつこく聞いてくるので、適当に「さあ、たぶん六十人くらいなんじゃないですか」と言って叱(しか)られた。

一週間の募集期間中に集まった応募者の数は八十四人だった。最も近い八十人と予想したユ・チーム長が賭けに勝ち、私からもしっかり掛け金一万ウォンを持っていった。

面接の当日、キム部長が急な外勤で出かけた。ユン次長とパク理事は一介のインターンの面接に立ち会うはずもなかったので、ユ・チーム長が一人で面接しなければならないことになった。

「これじゃあ格好(かっこう)がつかないじゃない。一応DM系列会社の面接なんだから、カフェのバイトの面接じゃあるまいし、私一人でやるわけにはいかないわよ」

ユ・チーム長はひどくいらいらして、気乗りしない顔で私をじろりと見た。

「一緒に来る?」

私はちょっと沈黙して、すぐにわかりましたと言った。ここでの私とユ・チーム長の力関係はそういうものだ。彼女が提案すれば、余程のことがない限り、私はうなずくしかない。

面接は、それに受かった人がする仕事の内容に比べて、過度に厳粛で権威的な雰囲気で行われた。それは、椅子が片付けられてガランとした講義室に、面接官の席と面接を受ける人の席がひどく離れて配置されているためだった。私は、面接官の席にユ・チーム長と並んで座り、ぼんやりとボールペンを回した。

「座ってるだけでいいわ。進行は私がするから。適当に偉そうな顔でもしてて」

ユ・チーム長は腕組みをしたまま椅子の背に体を預けた。ときどきあくびをしたが、手で口を覆いもせず、そのたびに私の席まで彼女が吐き出した臭いが漂ってきた。私はちょっと肩を開いて、腰をまっすぐに伸ばしてみた。そして片方の脚を膝(ひざ)の上に乗せて組んだ。

そうか、みんなこんな気分なのか。

その席は、腕組みのできる席だった。脚を組むこともできるし、突然鳴ったケータイにも余裕をもって、ちょっとすみません、と言って電話に出ても良い席。面接を受けに来た人たちは、この席に座っている人を権力者だと思うだろう。たとえそれが何てことのない小さなアカデミーのインターンの面接であっても、その席に座っているということは、決定権を持っているということを意味している。それなりの経験と時間を経てはじめて座ることのできる席。ところが私は、頭数をそろえるために置き物のように座っている。私ではなく、古いクマの人形だったとしても問題なかっただろう。

私は不在のキム部長を恨みながら、ユ・チーム長のむやみに細かい指示に従って「適当に偉そうな顔をして」面接の対象者たちを待った。

彼らの職業はさまざまだった。大学生、休学中の学生、復学生（兵役などで大学を休学した後、復学した学生）は当たり前。ウェブ漫画家の卵、元ボディーガード、仕事を掛け持ちしようとしている舞台俳優……。彼らは皆それぞれの事情で切羽詰まっていて、どことなく無気力そうな表情をしており、いわゆるメジャーな世界に到達できないまま長い間生きて来た印（しるし）のように、目の奥には一様に暗い影を宿していた。偶然の一致と言うにはあまりにも判で押したようで、内心ドキッとして私の顔もそんなふうではないかと、鏡を見て確認したくなるほどだった。三十二人の面接が終わると、昼食の時間になった。ユ・チーム長が長いあくびに乗せてつぶやいた。

「世の中にはなんでこんなに文化ニートが多いのかしら？」

「文化ニート」というのは、ユ・チーム長が好んで使う言葉だった。普通なら「余り者」と呼ばれるような人たちを、一段持ち上げてそう呼ぶのだと言っていた。彼女はしばしば、この社会には音楽や文学、美術、映画などをやりたがる人が多すぎると言って、そんな文化ニートたちが社会の根幹をむしばんでいると熱弁を振るった。文化だ学問だと言っても、所詮は商品なのだ。金にならないものは文化ではない。それはユ・チーム長一人だけの考えではないだろうが、なんだか少し息が詰まるような気がした。ジャージャー麺の出前でも頼もうと言うユ・チーム長に、首を横に振った。

「私は外で食べてきます。友だちが近くに来てるので」

「あ、ジョンジンさん？　一度連れておいでよ。職員価格で受講料の割引もできるからさ。それより、二人はもう付き合った方がいいんじゃないの？」

私は返事の代わりにわずかに微笑んで、建物の外に出た。

*

近くのコンビニでバナナとおにぎり、いちご牛乳を買った。ビニール袋をぶら下げて、建物の裏手に複雑に延びている路地をしばらく奥の方へと入っていく。目的地の古いアパートが視界に入ると、歩みが少し遅くなった。肺活量が増えたのか、深く息を吸ったわけでもないのに長い息が終わりなく吐き出された。

このアパートは建ってからずいぶん経つ大きな団地だが、町じゅうを吹き荒れた再開発ブームから取り残されていた。住民は寂(さび)れてしまったように感じているかもしれないけれど、私は懐かしさを感じさせるこの静かな団地の中を歩くのが好きだ。団地の裏手には小さな散策路が延びていて、道に沿って歩いて行くと、丸い空き地が現れる。周囲にはその空き地を見下ろすように、石の階段が半円のすり鉢状に広がっている。まるでその空き地が舞台でもあるかのように。うまく活用すれば小劇団の公演でもできそうだが、誰も使い道のないただの空き地としか考えないようだ。

階段に座っていちご牛乳を一口チューッと吸い込んだ。ジョンジンさんが私に会いにアカデミーに来る時は、私はいつもここに来る。アカデミーの人たちには大抵、ジョンジンさんと一緒にご飯を食べるとかお茶をするとか言い繕う。しかし、実際にはそんなことは一度もなく、断言するがこれからもないだろう。ジョンジンさんにはそんな手間や心遣(こころづか)いは必要ない。ジョンジンさんは私の親しい友だちだが、存在しないから。

ジョンジンさんを作り出したのは、息苦しい都会の生活で息をつける所が一つ欲しいと思ったからだ。いつも同じ人たちとご飯を食べるのは、本当に息が詰まる。毎日お昼になると、何食べようか、何でもいいですよ、今日はとんかつはどう、いいですね、メニューはジャージャー麵に統一しようか、そうしましょう、というような会話を交わすこと。進んでみんなの分のナプキンを敷き、スプーンと箸(はし)を置いて、水を注(つ)ぐこと。みんなしていることだと思えば難しいことではないが、それでも、それでもたまには、逃げ場が欲しかった。

　初めは友だちが来ると言った。それが何回か続くと、みんな友だちの性別を知りたがり、年齢と名前も必要になった。そうしてジョンジン（정진）さんが誕生した。정말(本当)、진짜(ホント)という言葉の最初の文字を組み合わせて名付けた、私のニセモノの友だち。何度かごまかしていると、ユ・チーム長はジョンジンさんが私のことを好きだと勝手に決めつけて、挙句(あげく)の果てに私とジョンジンさんを「友だち以上恋人未満の関係」と規定するに至った。面倒くさくて弁明もしていないが、もう少ししたら結婚でもさせそうな勢いだ。関係がもっと深くなる前に、ジョンジンさんとの付き合いを清算する必要があるかもしれない。そんなシナリオまで考えなければならないのが今更ながらおかしくて、フッと鼻から笑いが漏れた。居(い)もしない人と仲良くなり、恋愛し、別れて……。ジョンジンさん、本当にそんなつもりではなかったんだけど、こんなことにまでなっちゃってごめん。小さな声でそう言うと、本当に申し訳ないような気持ちになった。でも申し訳なく思う気持ちの対象は誰？　どこかに本当にいたらいいのに、ジョンジンさんみたいな、いつでも頼れる一緒にいて楽な人が。

　バナナとおにぎりをもぐもぐ嚙(か)んで飲み込んだ。ご飯を食べる気はもともとなかったが、やっかいなアラームのような空腹を鎮めるためには、このくらいは供給してやらなければならない。デザートには、散策路の空気を思いっきり吸い込んだ。そして、口を横に大きく開けて、うああああああ、と低く長く奇声を発した。体の中の毒素と活性酸素を追い出す私だけのやり方なのだが、ときどき人と目が合うと困る以外は、なかなか悪くない。

午前の面接の時に、借りてきた麦袋[9]のように、ぎゅっと口を閉ざしていたことが心残りだった。ニセモノとはいえ、せっかく面接官の権力を持つことになったのだから、少しでも役立ちそうなことをしたいと思った。ぜひともこんな質問をしてみよう。

「ディアマンアカデミーで働く一番の目的は何ですか？」

もしも私に決定権があったなら、「ここに骨をうずめる気持ちはもちろんありません。ただの通過点ですよ」と答える人を、二百パーセントのインセンティブを乗せて採用しよう。

他愛ない想像を膨らませながら、再び面接会場に向かった。ドアがちょっと開いていて、仕事ができそうな人は一人もいませんよ、と愚痴をこぼすユ・チーム長の声が聞こえてきた。ドアを開けると、キム部長が座っている。遅くなると言っていたけれど、思ったより仕事が早く終わったようだ。

「あ、ありがとうジヘさん。キム部長がいらしたから、あとは私たち二人で大丈夫よ」

ユ・チーム長が軽く言って、書類をごそごそ探っている。ぺこりと挨拶(あいさつ)をして、部屋を出る。次の講義の資料をコピーしておいてというユ・チーム長の指示が、背中から追いかけてきた。

再びコピーを始める。ここでの私の役割はどのくらいなのだろうか。コピー機のトナー？　ネジくらいの部品？　不意に女性の細い声がして、顔を上げた。パッと見にも、真面目でしっかりしていそうな女子大生だ。面接の場所はどこですかと、恐る恐る、眼をウサギのように見開いて礼儀正しく尋ねる。私は指先で面接の場所を示した。すたすたと歩いて行く彼女の姿は爽やかだ。さっき見た履歴書にあった経歴が思い浮かぶ。ここで働くのに申し分のない経歴だ。申し分がないということが一つのマイナス要素になり、彼女はここでは働けないだろう。

とにもかくにも、金曜日だ。何とか仕事を終え、キャンペーンで九百ウォンで特売中のマートの缶ビールを何本か買って家に帰った。五階建てのマンションの五階にある、快適でこぢんまりした私の部屋、と原州[10]にいる両親は思っている。大学時代までは、実際にそんな所に住んだこともあった。しかし時が経つにつれて、何かを象徴するかのようにだんだん低い階になっていき、いつの間にか半地下だ。それでも手足を伸ばすことさえできないコシテル[11]ではないことと、まだ半分は地上に顔を出していることが希望と言えば希望だろうか。両親はイチゴ農場の仕事で忙しくて、ソウルにはほとんど来ない。たまに、母が突然訪ねてくるんじゃないかと想像することもあるが、幸いまだ想像が現実になったことはない。

バラエティ番組を見ようと、ビールの缶を開けてテレビをつけた。芸能人たちが、懸垂を何回できるかを巡って賭けをして、体を張ったギャグを繰り広げる。私はビールを飲みながら、彼らの笑いを誘うしぐさを眺める。この部屋の契約期間が八か月後には終了するということが、頭をかすめる。家主は、次は家賃をもっと上げると公言していた。

ほんの一瞬、それまでに何かを解決しなければならない、つまり人生の答えを見つけなければならないという思いが脳裏に浮かんだ。ビールをひとくち口に含んで、喉(のど)の奥から湧(わ)き上がってくる不安と一緒に飲み込んでしまう。芸能人が、自分の事業の失敗と、怒って口もきいてくれない妻の話を打ち明けて、笑いと涙を誘っている。窓の外には、少しずつ華やかさを増していくソウルの夜景が広がっているだろう。どこか上の階に住んでいる誰かの目には、間違いなくそんな絵が見えるだろう。それぞれの窓から見える景色が少しずつ違うというだけ。

時計を見ようとケータイを手にすると、黒い液晶に自分の顔が映る。赤い顔にとろんとした目で微笑んでいる。笑いは脳を活性化すると言う。嘘の笑いでも本当の笑いでも、とりあえず笑いさえすれば、脳はドーパミンやら何やらの良いホルモンを生産するらしい。決して会うことのない芸能人の私生活が、私を笑わせてくれる。お腹を抱えて大笑いしたので、少しは、少なくとも一日くらいはまた耐えられるだろう。

4 最小限の労働

月曜病の症状は、さまざまだ。私の場合は、ぷっくりと腫れた目が月曜日であることを教えてくれる。前の日にお酒を飲まなくても、月曜日の朝になれば目が開かないほど腫れる。メガネを鼻先に載せて、家を出た。メガネは多くのものを隠してくれるのでありがたい。表情も、涙も、腫れた目も、太いフレームのメガネ一つでどうにか普段と変わらないように見える。

大急ぎで来たのに、四分も遅刻した。エレベーターから降りたとたん、事務室の中のざわめきが耳に飛び込んできた。ドアをそっと押すと、ほかの人たちより頭一つ大きい、見知らぬ男の後ろ姿が目に入った。聞き慣れた声の間から、男の異質なしわがれ声がちらちら聞こえてくる。

「あ、ジヘさんやっと来たね」

ユ・チーム長の声がなぜか甘くなっている。楽譜に表示するとしたら、あのトーンは明らかにカンタービレだ。柔らかく、歌うように。いつもなら叱りつけてもおかしくないのに、私が遅れたことなどどうでもいいようだった。ユ・チーム長は依然としてハイトーンで軽快に言った。

「まず挨拶してね。新しいインターンよ」

「イ・ギュオクと申します。よろしくお願いいたします」

男がこちらを向いて丁寧に頭を下げる。体が大きいうえに毛羽立った分厚い白いジャンパーを着こんでいて、一頭のホッキョクグマに挨拶された気分だ。一応、頭を下げた。腫れた目を合わせないように元から下げていた頭をさらに下げると、ついつい深いお辞儀になってしまった。

「そんなに丁寧に挨拶してくださらなくていいですよ」

目の前のホッキョクグマがずけずけ言うと、ユ・チーム長のころころ笑う声が続いた。そんなに笑わないでよ、恥ずかしいから。

「もうお互いしっくりきてるみたいね。そういえば歳も同じだし、仲良くしたらいいじゃない。一緒にいるのを見ると心強いわ」

ユ・チーム長がフィギュアがもう一体増えた子どものように言うと、私に仕事の案内をするよう指示した。

「ついて来てください」

私はホッキョクグマにそう言って、先に事務室を出た。案内と言っても、大したことは何もない。アカデミーの中を一巡して、消耗品の購入、受講料の処理や払い戻しの規定など、事務室でする仕事についてあらましを説明すればいい。浄水器の場所を教えて自販機は指でさし示し、講義室のドアも一度開け閉めして見せ、そしてお待ちかねのコピー機。私は私だけのコピーの美学とノウハウをそれなりに一生懸命伝授したが、ホッキョクグマは、そんなことは全部できますというように上の空でうなずくだけだった。そして最後に、インターンになると受けられるサービスの案内。

「インターンは無料で講座を一つ受けることができます。ご自身で探して、受けたいものを教えてください」

「そうですね。ちょっと考えてみます。ちなみにどの講座を受けてらっしゃるんですか？」

ホッキョクグマが友好的な声で聞く。

「私は受けてないんです。時間もないし、興味のあるものも特にないので」

「とにかく、一緒にお仕事をすることになって嬉しいです。ええと、お名前は……？」

「キム・ジヘです」

「ジヘさん、よろしくお願いします。素敵なお名前ですね。握手しましょう」

思わず口がぴくぴくした。私の名前が素敵な名前だなんて、うーん、ほとんど言われたことがないと思う。しかも何の握手？　私が仕事で会った人と握手したのはいつだったか。いや、したことあったっけ？　私は初めて、前に立っている男を正面から見上げた。目つきは善良そうに見えるけど……。ちょっと待って、この顔は間違いなくどこかで見たことがある。誰だっけ。頭が混乱し始めた時、男が手を差し出した。その瞬間、見てしまった。手首の星形のタトゥー。カフェで見た男だ。パク教授に恥をかかせた後、地下鉄で私の隣に座ってクロスワードパズルを解いていた、黒々とした顎ひげのメガネの男。ひげとメガネのなくなった彼が、微笑んで握手を求めている。

*

ギュオクの登場によって、確実に仕事は一段階楽になった。彼は重いミネラルウォーターのボトルを軽々と持ち、ユ・チーム長が何か指示を出すと、すぐに駆けつけて、さっさと片付けてしまう。気も利くし、協調性もあって上の人たちも彼を気に入ったようだ。ユ・チーム長が私に棘(とげ)のあることを言う回数もちょっと減った。ギュオクは愛想が良くて礼儀正しく、仕事にも積極的だったが、新入りにしてはずいぶん自然体で豪快だった。

しかし彼には、どこか妙な陰があった。誰にでも親切で気さくに見えたが、ときどきふっと感じる説明し難い異質感。決して剝(は)がすことのできない薄くて透明なベールがかかっているみたいだ。そのベールのせいで、どちらが本当の彼なのかよくわからなかった。いつも生き生きとした様子、心からではないと疑うのが難しい豪快な笑い、真剣な眼差しでじっと見つめて傾聴する態度。その一方で、みんなでわいわい過ごす場にはあまり出てこないこと、他人に質問はたくさんするのに自分の話は短く切り上げて巧みに話題を変えること、そして、そんなことを気付かれないようにさらりとやってしまう巧妙な態度。注意深く観察しなければ、簡単には気付かないようなことだった。パク教授の事件がなかったら、私も彼に注目していなかっただろう。

気になって調べたギュオクの経歴は至って単純だった。J大学哲学科を卒業、その後定職に就いていない。ため息が出た。ソウルにあるというだけで、さして有名でもない大学の哲学科とは。二十歳の時点でニートの予約をしたのも同然だ。

「ここで働くのに経歴が重要だと思う？　重要なのは印象よ。立派な経歴があるのにここに身を捧げたいなんて、見え透いた嘘にしか聞こえなくてみんなカットしたんだから」

ギュオクの面接の評価をそれとなく聞くと、ユ・チーム長は上機嫌にしゃべり始めた。鏡越しにユ・チーム長の顔が見える。デンタルフロスをパチパチさせて歯の間に挟まった食べ物を取りながらしゃべりまくるユ・チーム長を見ていると、ほとんど神業としか思えない。

「関心があるから聞いてるんじゃないよね？　もちろんギュオクさんは性格も悪くないし、よく見ると結構魅力的な顔はしてるけど、人生の先輩として、お姉さんとしてお勧めできないわ。ジヘさん、恋愛も投資よ。自分の人生をより発展させてくれる人と付き合いなさい」

ユ・チーム長の言葉に、私は歯磨き粉の混じった唾をペッと吐き出した。たとえそれが事実であっても、人間関係をそんなふうに証券の投資のように言うなんて。

「それからジヘさん、ちょっとはお洒落をしなさい。本当ならその年頃が一番きれいな時期だと言ってあげたいところだけど、あなたの顔を見てると、到底その言葉は出てこないわ。見た目や服装をとやかく言ってるんじゃなくて、もどかしいのよ。飾り気がなさすぎるっていうのは、後になって振り返って見れば若さに対する冒瀆よ」

一瞬カチンときたが、鏡に映った自分の顔を見て、確かに、とうなずいた。ぼさぼさの頭に、鼻先までずり落ちた赤みがかった太いフレームのメガネ。つやのない顔に生気のない瞳。我ながら前途洋々の青春の顔とは思えない。棺桶から抜け出てきたと言ってもおかしくないほど、血色のまるでない女に向かって、私は力なく目を瞬かせた。

廊下に出ると、ギュオクが床に膝をついて、プラグの上やコードなどを拭いている。

「こういうところも気付いた時に埃を拭いた方がいいんですよね。そうすると大事にされてる気がするでしょう?」

ときどきギュオクは、余計な仕事に手を出した。

「感電に気をつけてくださいね」

笑顔を向ける彼に、無表情で返事をして部屋に戻った。彼を心配したのではなく、頼まれてもいない仕事をしたあげく事故でも起こしたりしないよう願ったからだった。どうしてそこまで熱心なのかと聞くと、面接で一生懸命働くと約束したのを守っているだけだという答えが返ってきた。気付いた時にやっておかないと、先延ばしになった仕事が溜まって、ほかの人、例えば清掃のおばさんたちに迷惑がかかると。正義漢なのかカッコつけてるだけなのかは判別できなかったが、ここで働くようになって二週間が過ぎても、ギュオクの仕事に対する姿勢には変化がなく、みんな彼に対して好評一色だった。人の悪口を言うのを職場での楽しみにしているキム部長でさえ、ギュオクへの称賛を惜しまなかった。

私は、彼の愚直さが好きになれなかった。すべからく人は、適当に仕事をするべきだ。正確に言えば、分相応に。与えられた時間と給料に見合った分だけ。だから、最低賃金をかろうじて超える非正規職の私たちにとって仕事というのは、小細工と機転、それに要領の三要素のバランスが取れた最小限の労働でなければならない。そうすればいたずらに利用されたり、当たり前のように搾取されることもなく、適当にやることだけやって抜け出すことができる。ずっとできなかったことを急にうまくやれば褒められるが、ずっとうまくやっていたことを一度失敗すると、それまでのことが台無しになるだけでなく、辛辣に悪口を言われてしまう。線を越えないぎりぎりのレベルで仕事をし、できることもときどきはできないふりをして避け、面倒でもたまに小言を言われる状況を作り、上司をいい気分にさせることも忘れてはならない。あなたに対する最終的な評価は、「どうにか人並みにはやっている。たまにそそっかしいこともあるが、伸びる可能性はある」くらいで十分だ。それが自分を守りながら働き続ける方法だ。よほど大きなやりがいや報酬があったり、自己実現のできる仕事なら別だが。そう考える私は、世間ずれし過ぎた人間だろうか。あるいは夢のない人間なのだろうか。

　労を惜しまないギュオクを見ると、私はいつもカフェでの事件を思い出した。そのたびに、自分のことでもないのにはらはらする気持ちになるのが不愉快だった。カフェで大声で怒鳴(どな)っていた姿は、にこにこ笑いながら自発的に仕事をしている今の姿となかなか結びつかなかった。彼がインターンとして来たのはパク教授と関係があるのかとも考えてみた。しかしパク教授は今学期講義がなく、喫茶店での事件の後しばらくして、長期の外国旅行に行ってしまった。だからギュオクとパク教授が鉢合わせしたり、アカデミーの中でまずいことが起こる可能性もなかった。

　もし私が正社員だったら、当然ユ・チーム長にパク教授とギュオクの事件を打ち明けていただろう。しかしあえてそうしないのには理由がある。私はここで、アウトサイダーだからだ。誰かの秘密を知る必要も、環境の改善のために努力する必要もないよそ者。それが私だった。だから、自分に何の損害も利益も与えないことに首を突っ込む理由はなかった。

5 椅子

午後の遅い時間だった。黄砂とＰＭ２・５が春の日差しを遮り、大気が気持ちの悪い朱色にすっかり染まった、どんよりした気だるい午後。みんな外勤に出ていて、事務室には私とギュオクだけが残っていた。ちょうど講義もなく、アカデミーの中はしんと静まり返っていた。言葉を交わすこともなく、私たちはそれぞれの世界に浸(ひた)っていた。それを一つにしたのは、突然ドアを開けて入ってきた中年の男だった。彼はパク・チャンシク教授の講座を申し込みに来たと言った。

「今学期は、パク・チャンシク教授の講座はお休みなんです」

「じゃあ次はいつあるんですか？」

「まだ何も決まっていないんです。秋になったらわかるのではないかと思います」

適当に曖昧(あいまい)な言い方で締めくくった。男はがっかりしたようにうなずいて、のろのろと出ていき、それでその男の出番は終わった。しかし彼が残したパク・チャンシク教授、という言葉が私とギュオクの間をしつこく漂っていた。注意深くギュオクを観察した。彼は片方の手で頬杖をついてケータイを見つめている。頬杖をついた手が顔を隠していて表情は見えない。何か言わなければと思った。コホン、と咳ばらいをしてみるが反応がない。口火を切るにはどんな言葉が良いだろうか。

「まだ受けたい講座は決まってないんですか?」

「迷ってるところです」

ギュオクが気乗りのしない返事をして、聞き返した。

「おすすめの講義とかありますか?」

どうしたことだ。なんと、自分から引っ掛かってくるとは。私は上唇をぐるっと一度舐めた。

「あることはあったんですけど、残念ですね。パク・チャンシク教授の講座がアカデミーの一番人気の講義だったんですよ。ギュオクさんも受けられたら良かったですね」

これくらいの言い方なら、直球と言えるだろう。今度は、ギュオクの表情を観察する番だ。ところが、あれ? 変化がない。

「そうなんですか。いつかまた機会があるでしょう」

そう言ってにっこり笑うだけだ。

嘘発見器は、嘘をつくと指先ににじみ出る汗を電流で感知して真偽を判断するというが、表面上はあんな表情をしながら、指先に汗をかいているなどということがあるのだろうか。本当にパク・チャンシク教授という人については聞いたこともないというような表情だ。

「椅子の片付けでもしに行きましょうか」

タイミングよく、ギュオクが話を切り上げた。

講義室の椅子はいつものように乱雑なまま置かれていた。その上に長く伸びた日差しが鈍くかかっている。ちょっと目を細めた。なぜか、馴染(なじ)みのある感覚がふうっと押し寄せてきた。思考を退けるには、体を動かすのが一番だ。作業を始めようと椅子に近づいた瞬間、後ろからギュオクの声が聞こえてきた。

「今、何かあったんですか？」

「え？」

「何を些細(ささい)なことをと思われるかもしれませんが、椅子を片付けようとしていたジヘさんがどうしてぴたっと止まったのかなと思って」

独特な好奇心だ。その言葉通り、あまりにも些細でおかしな質問。そんな質問は初めてだった。

「日差しのせいです。私、この時間帯の日差しが嫌いなんです。太陽がだんだん沈み始めて、たいした意味もない一日が今日も過ぎていくと教えてくれる日差し。子どもの頃から、この時間帯の日差しがあまり好きじゃなかったんです。それだけのことです。じゃあ、片付けを始めましょうか」

最後を明るく締めくくるために、さあ、と言うと同時に大きく手を叩いた。動作の大きさに比べてものすごく小さな、風の抜けたような手を合わせる音が微かにした。ところがギュオクは、腕組みをしたまま講義室の壁にもたれ、身動き一つせずに立っている。しばらくそうしていた彼が、どこかを見ながら手招きをした。

「ちょっと来てください。ここに来て見てくださいよ」

「何ですか？」

ギュオクの手は、この誰もいない講義室の真ん中を指していた。彼の横に近づき、罰で立たされた小学生のように不満げな表情で壁に背中をくっつけて前を見た。いつも見てきた、講座が終わった後のごちゃごちゃとした講義室。放課後の学校のように、退屈な風景だった。それが何だって言うの。

「見ましたよ。それがどうしたんですか？」

ギュオクは無秩序に散乱している椅子を指さした。

「ジヘさんは一日に何回も椅子を整理してますけど、あの椅子を見て、どんなことを思いますか？」

「早く片付けなきゃ、とか？」

ギュオクはうなずいて小さく舌打ちをした。その表情が意地悪で、ちょっと不快な気分が湧いてきた。

「普通はうなずいて、うん、と言うか、舌打ちをするんだったら首を横に振りませんか？　でもギュオクさんはうなずきながら舌打ちをするんですね。どういう意味なんですか？」

ギュオクが腕組みを解いて、ゆっくり歩き出した。

「理解できるけど、同意はしないという意味です」

これはまた、どういう詭弁なの？

「まあ、一次的には当然の答えです。仕事としてだけ考えるなら、この椅子は、〝私たちが片付けなければならない椅子〟ですから」

「そうですよね」

「でも、違う視点で考えてみたらどうでしょう。椅子の機能は何ですか？」

「座ることですよ。食べることはできないから」

「そうです。座ることですよね。受講料を出せば、誰でも座って講座を受けることができます。でも、あの前にある椅子はどうですか」

今度は、一番前にある講師用の椅子を指さした。受講生のためのスチールの折りたたみ椅子とは違って、講師用の椅子は古風な装飾が施されたアンティークの高級なものだ。権威を象徴するように、どの講義室にもその椅子が前に一つずつ置かれている。

「講師になれば座れます。たくさん勉強するか、ある分野の専門家になって。あるいはそれ相応に立派なキャリアを積めば」

ほんの何時間かとはいえ、面接官のピンチヒッターをして、その椅子に座っていた記憶を思い出して言った。ギュオクは、自分の顎をさすった。

「この講義室の椅子のことだけを言ってるんじゃなくて、〝椅子の魔法〟について話してるんです。前に置かれた椅子に座ると、自分に権威と力があると錯覚する魔法にかかってしまうんですよ。そしてたくさん並べられた椅子に座ると、力のないその他大勢になって、前にいる人の言葉にうなずく魔法にかかるんです。椅子は椅子に過ぎないということを、みんな忘れてしまうってことです」

ギュオクは話を終えて、私にぱちりとウインクをする。腑(ふ)に落ちない屁理屈(へりくつ)を並べておきながら、まさか自分がカッコいいとでも思っているのだろうか。思わず本心が出てしまった。

「ちっ」

思いの外(ほか)、ギュオクはこの小さな舌打ちにショックを受けた様子だった。彼は身震いして肩をすくめた。

「あっ、大げさすぎたようですね。すみません」

そして前に出て、どんどん椅子を片付け始めた。恥をかかせたかなと思って、少しきまりが悪くなった。ギュオクが手を止めた。

「受けたい講座があることはあるんですけど」

「何ですか?」

「ウクレレ講座です。一緒に受けませんか?」

「ウクレレですか?」

思いがけない提案に、呆気にとられた。ウクレレとは。そのクラスは、人文学一色のアカデミーでラインナップを揃えるために入れた数少ない音楽講座だった。でも私は、音楽は鑑賞するだけで十分だと思っていたし、ウクレレは、私にはあまりにも馴染みのない楽器だった。

インターンの給料からは、毎月講座受講料の名目で一定の金額が差し引かれていた。しかしそれをもったいないと思ったこともなかった。興味もない講座を受ける時間の方が、差し引かれるお金よりもったいなかった。

「計算してみたら、ウクレレ講座が一番高かったんですよ。ほかの講座より回数が二回も少なくて、料金は一万ウォンも高いんです」

「受ける動機としてはちょっと苦しいんじゃないですか?」

「そんなことないですよ。特典なんて言われてどうせ引き落とされるのなら、賢く利用しなければ。そうじゃないと、文字通り取られるだけになってしまいます。結果として理不尽なことに同意することになるんです。それにウクレレなんて、いつかハワイに行ってフラダンスを踊りながら演奏するのを想像してみてください。ロマンチックじゃありませんか？」

ギュオクが肩を揺らして笑った。小さな笑いでも、必ず白い歯を見せ、肩を震わせて笑うのが彼の癖だった。そのたびに、口の奥の喉ちんこも一緒に前後に動いた。無邪気に見えることは見えるが、「そうですねえ、あなたお一人で」という言葉が出てきそうになるのを、やっとのことでこらえた。

しかしだんだん椅子が重なって片付いていくうちに、迷い始めた。そんなふうに考えたことは一度もなかった。最初は強引にしか聞こえなかったが、よく考えると、その通りのような気もした。彼の誘いを断ってしまうと、搾取されるうえにロマンもない人間になりそうだった。片付けが終わり、私たちは自販機のコーヒーを一杯ずつ選んだ。ギュオクが乾杯しようと言い、私は渋々紙コップを持ち上げた。ぶつかっても音ひとつしない二つの紙コップが触れ合った。熱々の安物のインスタントコーヒーが軽く波立った。

「乾杯」

彼の言葉に、私も軽く答えた。

「乾杯」

　心の中では、まだギュオクを警戒していた。でも、何かが変わってきた。この乾杯によって、よくわからない作戦の共謀者にでもなった気がした。そして、実際にそうなるまでに、それほど時間はかからなかった。

＊

　広い講義室に椅子が九つだけ置かれていた。そこに座っているのは、小学生三人と彼らの母親二人、五十代のおじさん、三十代の男、ギュオク、そして私。

　講義が始まる前はいつもそんな雰囲気だが、みんな落ち着かない様子でそわそわしながら講師を待った。私はみんなの前に出て、講師からの少し遅れるというメッセージを伝えた。しかし十分くらい遅れるという言葉に反して、二十分経っても到着せず、みんな無実の私をじろじろ見た。自分がアカデミーの関係者だと明かしたことを後悔した。

「こんなことなら、ギュオクさんに言ってもらうんでしたよ。外で先生が来るまで待ってましょうか？」

　でも、前に座ったおじさんが、「いつになったら講師は来るの？　遅れた分の授業料は返してもらえるんだろうな?」とぶつぶつ言うので、外に出るタイミングも逃した。その瞬間、ドアが開いて、顔じゅう汗だくになった講師が姿を現した。最初の講義に三十分も遅刻だ。講師はパンパンにむくんだ顔で、道がすごく混んでいたと見え透いた言い訳を並べ立てたが、話すたびに酒の臭いがプンプン漂っていた。

十年ほど前に、高視聴率を記録した人気のトレンディードラマがあった。ドラマのサウンドトラックも流行ったのだが、講師はそのサウンドトラックの作曲と演奏を担当した、男女二人組のインディーズグループのメンバーだった。彼はウクレレを弾き、女性メンバーがピアニカを演奏する、メルヘンチックで美しい曲を歌っていたグループ。しかし女性メンバーが結婚して自然とグループ活動から離れると、彼は創作のモチベーションを失い、今では中年に差し掛かった忘れられたアーティストに過ぎなかった。経歴と言えるものは過去に流行ったその曲しかなく、収入もいくらにもならない著作権料と今回のようなわずかな講師料がすべてだろう。

残念ながら、二日酔いがまだ抜けない過去のアーティストは、準備のできていない講師がよく使う悪質な方法を選んだ。オリエンテーションを言い訳に、最初の授業を自己紹介と適当な話で済ませる典型的な誠意のないやり方。実はこれまで私があえて講座を受けなかったのも、自己紹介させられるのが嫌だったからだ。自己紹介となると、私はいつも言うべきことが何もない、みすぼらしい人間だった。たとえ他人からそう思われなかったとしても、自分ではそう思っていた。

集団で何かを習う時、いったいどうして自己紹介をしなければならないのだろうか。なかでも一番惨めな記憶は、三十歳になった今年初めのプールでのエピソードだ。もしかしたら自己紹介をさせられるかもしれないと思って、三日も経ってから出席した。ところがあいにくちょうどその日、水に浸かったとたんに講師が「じゃあ、顔も覚えたでしょうし、今日は自己紹介でもしましょうか。順番に名前、年齢、職業をお願いします」と言うではないか。周りを見渡すと、嫌そうな顔をしているのは私だけだった。みんな何でもないような顔で、自分の名前と年齢、職業を順番に話し始めた。二十一です、今度大学に入りますとか、二十三歳、除隊したばかりで体作りをしようと思って来ました、などといった言葉の前で、私は三十歳の定職なしとはとても言えなかった。結局私の順番になって口から出たのは、二十六歳で、某企業に入社したところだという自分でも意外な言葉だった。

自己紹介が終わった後、残りの四十五分間、私たちはゴーグルをはめてプールの壁をつかみ、ずっとバタ足をしていた。どう考えても、互いの年齢と職業を知るべき理由は何もなかった。ウンパッ、ウンパッ、水に顔を浸けては上げるのを繰り返しながら、私はこれから水泳が上手になるまで、無事に二十六歳の新入社員でい続けることができるか心配した。

心配は長くは続かなかった。その日、レッスンが終わってシャワーを浴びた後、脱衣室で服を着ていた時だった。誰かが私に近づいてきて、自分の同期がその企業にいると声をかけてきた。私は半裸でロッカーの中を手探りしながら、適当にはいはいと答えた。部署と役職を聞かれる前に早く引き揚げよう、それだけを考えた。慌てて服を着て出ていこうとしたら、ロッカーから何かがガタッと落ちた。本が床に落ちている。よりによって、『あなたは必ず合格する、面接の達人!』なんてタイトルとは。とにかく、あんな自己紹介をさせられたせいで、私の最初の水泳の授業は、こうして最後の授業になり、水泳を習うという新年の計画は水の泡になってしまった。

苦い自己紹介を思い出している間に、三人の小学生がどこどこ小学校の何年何組の誰々だとポンポン調子よく自己紹介を終えた。講師は椅子に腰掛けたまま、少し余裕の出てきた表情で首の汗をぬぐっていた。小学生の母親たちも、誰々の母だと自己紹介をし、講師は満足そうに微笑んだ。特に反発する人はなく、自己紹介を続けていく受講生たちを見て安心したのか、小刻みに震えていた足は安定を取り戻し、彼は自然に足を組み、その上に手を組んで置いた。

小学生の母親たちは、ママ友同士で世間話でもするように、ちょっと長い自己紹介をした。兄妹を連れてきた母親は、子どもたちの文化的素養と音楽的感覚を育てるために講座を受けることにしたと言い、近頃はどこへ行っても楽器一つできないといじめにあうという言葉も付け加えた。どこかもの憂げなもう一人の母親は、自分にそっくりな物静かな息子の頭を撫でながら、今にも泣き出しそうな震える声で口を開いた。子どもはギターを習いたがったのだが、ギターはなんだか大変そうで、大きさも値段も手頃なウクレレを選び、ついでに自分も一緒に楽器を習って、忘れてしまった人生の意味を見つけたい、と言った。彼女は、忙しい夫はいつも不在がちで、一人で育児に専念してきたが、子どもがこれくらい大きくなると、果たしてこのままの生き方でいいのか、いつも疑問に思っていると語り出し、そんな人生相談に講師は心理カウンセラーにでもなったようにしきりにうなずきながら、真剣な目つきで聞き入った。ギュオクが私を横目で見て、小さくささやいた。

「何を言うか考えてるんでしょう?」

「いえ、後悔してるんです。こういうの大嫌いなので」

「後悔してるとしても、自己紹介はしないと」

ギュオクが怒ったように言葉じりを上げた。母親たちが長々とした話で先陣を切ったせいか、五十代のおじさんと三十代の男も、結構切実な身の上話のような自己紹介をして、私の番になるまでに二十分くらいかかった。ついにみんなの視線が私に向いた時、私はドライな口調で素早く言った。

「キム・ジヘです。アカデミーのアルバイトです。趣味にしようと思って習いに来ました」

インターンだと言うと事細かに説明しなくてはいけなくなりそうで、ただアルバイトだと言った。しばらく静寂が流れた。みんな、まだ話の続きがあると思ったようだ。だから付け加えた。

「終わりです」

「はい……、結構です」

講師は、不満そうな顔で眉毛を掻いた。結構です、って。これ以上に正確な自己紹介がどこにあるというのか。彼は、私の順番が最初でなくてよかったと思っている表情だった。もし私が最初だったら、それにならってほかの人たちも短く簡単な自己紹介で済ませていたかもしれないから。ギュオクが助け舟を出すように、素早く自分の紹介を始めた。

「イ・ギュオクです。ジヘさんと同じく、私もここで働いてます。ただで講義を受けられるので、悩んだ末にこの講座を選びました」

「ただですか?」

講師がまさかという顔で聞き返した。慌てて私が、バイトは講義を無料で受けられるんですと付け加えた。講師の目つきの揺れる様子が、頭の中で何やら一生懸命暗算しているように見えた。

「あ、もちろん前からウクレレに関心はありました。おもちゃみたいだけど、音も案外よく出ますし」

「案外、ですって？　ウクレレで演奏できる曲は無限なんですけどね」

講師がそっと腕組みをした。ギュオクは、争うつもりはないというように、手を左右に振った。

「いえ、そういう意味ではなくて……」

「あのう、ずいぶん時間が経ったので、そろそろ授業を始めてはどうでしょうか……」

もの憂げな母親の絶妙な口出しをきっかけに、みんなケースから楽器を取り出した。私とギュオクも、アカデミーに予備として置いてある楽器を借りて来ていた。弦が四本だけの小さな楽器は実に可愛らしかった。講師は楽器の各部の名称、楽器の抱え方、四本の弦が出す音階といった基礎的な知識を説明した。みんなウクレレの四弦を一回ずつ親指で弾いて、それらの階名がラミドソだということを知った。開放弦の音は必ず覚えてくださいと言って、講師はラミドソ、ソドミラ、ＡＥＣＧ、ＧＣＥＡと大きな声で言うよう指示した。仕方がない。みんな言われた通りにやった。私以外は、みんな熱心そうだった。

「初回ですし、今日の講義はここまでにしましょう。何か質問はありますか？」

講師が両手をこすり合わせながらぎこちなく聞いた。その間も、彼の視線は壁にかかった時計に向いていた。案の定、本来終わるべき時間より二十分も早かった。もの憂げな母親の息子がさっと手を挙げて、唐突に願い出た。

「先生も自己紹介してください」
講師は紹介するような自己はない、彼女を紹介して欲しいと白けるような冗談を口にして、つまらなそうな小学生たちと呆れる母親たちを見ると拳を口に当てて咳払いをした。そして自分の名前と活動していたバンド名を明かし、十年前に流行った曲をちょっとだけ演奏した。残念ながら、そこにいた中でその曲を知っている人はいないようだった。

授業が終わると私はすぐにその足で事務室に駆けつけ、ショッピングサイトの買い物かごを確認した。すでに一足遅かった。昨夜遅くに注文したウクレレは、もう配送中になっていた。よりによって、数日前ケーブルテレビで映画『ティファニーで朝食を』を観たのが災いのもとだった。そうでなければ、ただであろうがなかろうが、この講座を受けることはなかっただろう。白いタオルで髪を包んで窓辺に寄りかかり、ギターを弾きながら〈Moon River〉を歌うオードリー・ヘプバーンの姿があんなに愛らしくなかったら！　彼女が演奏したのは、実はウクレレではなくてミニギターだった。でも楽器の見た目が似ているから、一人暮らしの部屋の窓辺に寄りかかって〈Moon River〉を歌ってみたいなどとカッコつけたことを考えたのだ。窓の外に月が見えるわけでもないし、せいぜい通行人の足やタバコの吸い殻が風景のすべてだということを忘れていた。大勢の人と一緒に三か月もの間、何かを学ぼうと思うなんて。それも調子がいいだけの不誠実な講師と。いろいろ最悪だった。

*

週に三回あるＴＯＥＩＣ塾の授業は平和だった。問題のパターンを詳しく説明する講師の言葉に、受講生五十人が静かに集中する。受講生たちの年齢はさまざまだ。大学生から、三十代後半は過ぎていそうなくたびれた中年風の人たちまで。塾の前には、「未来のために準備するあなた、今日のあなたを越える！」という大げさな標語が掲げられている。

アカデミーで稼いだわずかなお金の半分近くを、そっくりＴＯＥＩＣ塾に納める生活をするようになって久しい。熱心に勉強しているとは言えなかった。でも塾は私にとって、一種の保険だった。私は今のままでとどまるつもりはないし、未来のために準備して、昨日の自分より良くなっていると思わせてくれる、心の保険。それに、ここに来れば困ったことは起きない。全員が潜在的な競争相手であると同時に、自分との戦いをしていて他人に関心を持たない。何より、絶対に自己紹介なんかさせない。ウクレレの授業よりは十倍ぐらい楽だし、実用的だった。

何度か週末を返上して受けたＴＯＥＩＣ試験の成績は、かけたお金に比して悲惨なものだった。平均点をはるかに上回っていたが、到達したいと思っていた点数にはどうしても届かなかった。いっそそのお金で新鮮な果物を買って食べ、明るい顔色を作る方が将来の転職に役立つと判断した私は、翌月の授業料を払わなかった。その日に限って授業を普段より熱心に受けたのは、その日が私の最後の授業だったからだ。一生懸命ライティングの授業を受けながら、私一人くらいいなくなっても誰も気づかない塾のシステムに感謝した。

面倒くさいと思いながらも結局ウクレレの授業を受け続けたのは、その反対の脈絡からだったのかもしれない。一人抜けただけですごく目立つ状況の中で、私が抜けることへの後ろめたさ。

6　転覆、亀裂あるいは遊び

小学生と彼らの母親たち、そして講師がいない間に、五十代のおじさんが「大人だけで打ち上げをしよう」と提案した。ギュオクはちょっと迷ってから、行くと言った。いつも会食をあんなに避けていたのに、飲み会が嫌なわけではなかったようだ。三十代の瘦せっぽちの男も行くと言って、男三人の飲み会になりそうだった。私はいつもの言い訳でごまかした。

「私はお先に失礼します。友だちと会うことになっているので」

「友だちって誰でしょう。半分過去の彼氏ですか？　まだ完全に別れられない恋人とか」

ギュオクがとぼけて聞いてきた。

「さあ。それよりは、近未来の彼氏の方がいいですね。まあ、どっちでもないですけど」

そう言い返してみたが、思いもしなかった身の上の告白をさせられたようで気分がもやもやした。

「でも、もし早く終わったら来てくださいね！」

ギュオクの視線を背中に感じながら、その場を抜け出した。日が延びて六時を過ぎても昼の気配が残っていた。それでも、空気はすっかり冷たくなっている。ご飯を食べる気にはならず、映画館に向かった。どんなにお金がなくても、月に一度ぐらいは映画や展覧会を観に行って外食するのが、私のポリシーだ。その程度の文化的なぜいたくは、私の自尊心に対する礼儀だ。いつか文化関連の仕事をやりたいという夢に対する最低限の投資でもある。

二本の映画のうちどちらにするか迷った。一つは不当解雇された労働者が国営企業を相手に闘う話で、もう一つは超能力ヒーローが宇宙の悪党をやっつける映画だった。解雇労働者の映画には好きな俳優が出ていた。作品性が高いという評価もちょっと耳にした気もする。それでも、結局超能力ヒーローの方を選んだ。疲れた夕方に、映画を観てまで何かを考えたくはなかった。イベント期間中のサービスでもらったミニキャラメルポップコーンとコーラを持って、ほとんど満席だったが何とか席を見つけて座った。映画はまあまあ楽しかった。重力を無視したアクションと不可能に近い偶然の一致が目の前で繰り広げられている間、私は楽しくポップコーンをばくばく食べた。

ふとほかの人たちがどんな顔をしているのか気になって後ろを振り返ると、みんなポップコーンかイカ焼きを食べながら映画の世界に没頭していた。もう一度スクリーンの方に向き直ると、現実が消えた。ヒーローが世を救い、悪党が痛快な最期を迎えるまで、私は完全に別の世界にいた。
映画が終わって、人波に押されるように映画館の外に出た。小腹が空いたと思っていると、ソルロンタン（牛の肉や骨、内臓などをじっくり煮込んだスープ料理）の店が目に入った。店の前にはたくさんの人が並んでいて、あちこちから外国語が聞こえてきた。カップルや家族が集団で順番を待っている。一人だと伝えると、私は彼らを抜かして一人席に案内され、気が付くとあっという間に熱い汁をすくって飲んでいた。しかしクッパ（スープにご飯が入った料理）をスープまで残さず体の中に押し込んでも、心は全然温まらなかった。時計を見ると九時を少し過ぎている。妙に大きなため息が、しきりに体の外に漏れ出てくる。缶ビールでも買おうとコンビニに入ったが、ビールを前になぜか手が止まった。ケータイを取り出してメッセージを打ち始めた。大したことない内容をほんの軽い気持ちで書いていると思われるように何度も書き直してから、送信ボタンを押した。

――友だちと別れました。まだ打ち上げやってますか？
すぐに返事が来た。たった四文字だったのに、心の中に小さな喜びが広がった。

――来て、早く！

ＬＰ盤がたくさん並んでいる地下の小さなビヤホールだった。私が到着した時、三人の男が一つのテーブルに座っているだけで、ほかに客はいなかった。ギュオクが私を見つけて手を上げた。私は冷蔵庫から瓶ビールを取り出して席に座った。会話は、へこんだ頬に影ができた痩せっぽちの男がリードしていた。彼はすでにかなり酔っているようで、体を前後に揺らしながら、芸能人の悪口だかゴシップだかわからない噂話をしているところだった。竹のように背すじが上に向かってまっすぐ伸びていたが、体重は私と同じくらいか、もっと軽そうだった。そういえば自己紹介で、シナリオ作家と言っていた。変わった名前だったけど何だったっけ。彼が書いたシナリオの中で映画化されたものはあるかという質問をするべきかどうか、ちょっと悩んだ。幸い彼は、この二つの質問に自ら答えてくれた。

「俺の夢はね、映画の冒頭に、自分の名前がスクリーンに出てくることなんです。脚本、ゴム人間（コ・ムインガン）。すると観客たちは、ゴム人間？　そりゃ何だってなるでしょう？　大衆音楽界じゃ、作曲家たちが新沙洞（シンサドン）の虎（ホレンイ）とか二段横蹴り（イダンヨプチャギ）みたいな名前を使うのが流行ってるのに、映画界にはまだそんな人いないんですよ。コ・ムインじゃ、なんかつまんないじゃないですか。ゴム靴（コ・ムシン）っていうのも何だし、ゴム人間にしようと思って」

そうだ。コ・ムインって名前だった。コ・ムシンじゃなく。

「余談だけど、『ゴム人間の最期』[12]という映画があるんですけど。ピーター・ジャクソン監督の名作中の名作です。今は『ロード・オブ・ザ・リング』や『ホビット』みたいな映画を作ってるけど、俺は『ゴム人間の最期』こそピーター・ジャクソンの代表作ではないかと思います。その頃の彼は、少なくとも妥協しない本当の芸術家でしたから」

『ロード・オブ・ザ・リング』や『ホビット』といえばものすごい大ヒット映画ではないか。それに、ピーター・ジャクソンは『キング・コング』も撮った人だ。成功したハリウッドの監督を皮肉って、あえてB級の初期作を最高の名作と称するこの男の心理は明らかだ。すっぱい葡萄(ぶどう)。自分に手の届かないものをけなしたりすること。

ムインは今は何かの理由で休筆中だが、書こうとしているシナリオの主人公がウクレレ奏者なので、実際に習ってみようと思って来たという。いざやってみたら楽器のスケールに失望したようで、職業を変えなくてはとしきりにぼやいていた。

「でも、物書きなんてすごいじゃないか」

自己紹介で、中学生の娘の父親だと言っていた中年のずんぐり男が口を開いた。

「物を書くっていうのは、そう簡単なことじゃないと思うよ。最近は、とにかく表現の自由なんてないようなものでしょ。みんな人の間違い探しに血眼(ちまなこ)になって。掲示板に書き込み一つ載せようものなら、そうじゃないだろうと揚げ足取りのコメントが殺到するし、テレビだって、誰かが何かしゃべっても、字幕スーパーでは勝手に別の言葉に置き換えられてしまう。毎日毎日すごく愛してる、と言ってるのに、いつもいつもとても愛してる、に変えられちゃうんだ。〝すごく〟愛してると〝とても〟愛してるじゃ全然違うじゃない？　うまく言えないけどさ、でも本当に違うんだよ」

　一度開いた口は閉じることを知らなかった。

「この間、同窓会で小さい頃の思い出を書いてくれって言われて、パソコンを開いて最初の一行を打ち込んだんだよ。〝私が国民学校[13]生の時〟って。ところが打ち込んだ瞬間、自動的に〝私が小学生の時〟に変換されるんだ。それを国民学校に変えようと何度も試したんだけど、結局できなかったよ。まったく、僕は小学校なんて通ったこともないのにさ」

「私も同じようなことありました。昔はバグがすごく多かったじゃないですか。ジャック・デリダと打ったらチャックのデリダって出ましたよ」

　私の突然の口出しに、男の顔が険（けわ）しくなった。

「何、チャック下ろ（ネリダ）す、だと？」

　まさか。なぜか口をついて出た。

「フランスの哲学者です。アルジェリア生まれですけどね」

　そう言うと、さらに不機嫌そう。ますます険しくなる男の顔。

「〝とても〟が〝すごく〟に取って代わることはできないという話には全面的に同意します」

私は宣誓するように片手を挙げて言い、男は気に食わないというように舌を鳴らした。

「お嬢さんが中学生だと言ってましたよね？　かわいいんでしょうね」

話題を変えるために投げかけた言葉に、男の顔がぱっと明るくなった。彼はケータイを取り出して写真を見せてくれた。彼のでこぼこした顔から険しさをすっかり抜き取った、すまし顔の女子中学生が現れた。子どもの写真を見ていると、男の表情が柔らかくなった。

「僕にはこの子しかいない。赤ん坊の時からオムツも僕が取り替えたし、お風呂も僕が入れた。今は、そんなこと言ったら地団駄踏んで嫌がるけどね……。母親が忙しくて、仕方なかったんだ。本当にこの世でかけがえのない父娘(おやこ)だったし、友だちだったよ。あの恐ろしい思春期が来るまではね。あんなに素直だった子が急に、ドアをバタンと音を立てて閉めるようになった。そのうち今度は、K-POPスターのコンサートがあるとかで、学校も塾もみんな後回しだ。我慢に我慢を重ねた末に、ついに僕もカッとなってね。それ以来完全にこじれてしまった。何とか仲直りしたくて、楽器でも習ってみようと思って来たんだ。お父さんがおまえを理解してるってことを教えてやりたくてね」

彼は自己紹介では言わなかった話を次から次へと聞かせてくれた。妻が踊りを習うと言って留学し、一人で子どもを育てているということだった。

「覚えてないかもしれないのでもう一度言っときますね。僕の本当の名前はナム・ウンジュと言います。名前がすごく女っぽいので、普段はただナムンと言ってます。名前のせいでもないだろうが、ワイフはベリーダンスを習うとかでトルコに行ったきりだし、娘も大きくなって心が離れ、本当に一人残された男になっちゃって……」

男が寂しげに笑って、私にも名前を聞いた。やっぱり。自己紹介で名前を言っても、覚えてもらえることはほとんどない。私は自己紹介の不要を改めて感じながら答えた。

「キム・ジヘです」

「そうそう、知恵さん。ミスワイズ！」

つまらない冗談のように聞こえたが、私にそんなニックネームをつけてくれた人は彼が初めてだった。私はむしろ洗礼名であり、知恵という意味のソフィアと呼んでくれと言ったが、その後もナムンおじさんはずっと私をミスワイズあるいはワイズさんと呼び続けた。

ギュオクはずっと、自分からは何も言わなかった。彼は私の隣に座り、適当に相槌を打ったり、みんなにお酒を注いだり、彼らの話に質問したりしていた。いろいろな話で場は盛り上がっていき、少しお酒が回らないと口を開かない私も、いつの間にかからからと笑って冗談を言っていた。ソファーの上に伸びた体をなんとか立て直して、もう起きなくてはと思ったが、すでにアルコールは体の隅々まで広がっていて、すぐに私はとろんと眠りに落ちた。

＊

酒の席で突然はっと正気に戻る時がある。私を目覚めさせたのは「転覆」という言葉だった。その単語は異質で耳慣れなかった。転覆。確かに私はその言葉を聞いた。細目をあけて寝ていなかったふりをして、体をゆっくり起こした。ギュオクが会話をリードしていた。

「僕たちに必要なのは転覆です。目に見える転覆ではなく、価値観の転覆です」

目を輝かせて、体は向かいに座った男たちの方に前のめりになっていた。二人は深刻そうに大真面目な表情で耳を傾けている。

「さっきの話に戻ってみましょう。そのシナリオをちゃんと契約さえしていたら、ムインさんはここで芸能人の陰口を叩いてはいなかったでしょう。次の作品を書くのに夢中だったでしょうから。ナムンおじさんも、忙しい日常の中でウクレレなんかを習いに来る時間はなかったでしょうし。もしたまたま会っていたとしても、この時間までグラスを傾けながらこんな所で長居してはいなかったと思います。言い換えれば、僕たちがこの時間まで残って不満をぐずぐず言っているということがどういうことかわかりますか？　僕たちが世の中ときちんと向き合ってこなかったということです」

私が寝ていた間に、いろんな話が行き交ったようだ。大体見当をつけて話になんとか追いついた。ナムンおじさんは食堂をやっていたが、何か悔しい理由でそこを閉める羽目になり、ムインは自分が書いたシナリオをわずかな契約金で売ったのだが、それが映画化されてみるとストーリーは完全に変えられていて、ムインの名前は脚本ではなく原案者として表記されていた。彼はショックのあまり、数か月間執筆を中断した状態が続いていた。

「ムインさんが書けずにいるのは、単なるライターズブロックのためではありません。そんなことが当たり前に行われる社会そのものに対する恐怖です」

「ライターズ……何？」

「白紙恐怖症のことです。作家が文章を書けなくなるスランプみたいなものです」

ムインはナムンおじさんの質問に軽く答えた後、告白するように言った。

「ギュオクさんの言う通りです。カーソルが点滅する真っ白なパソコンの画面を見ると、体が固まってしまうんです。何を書いても、自分のものではなくなるように思えてきて。以前はお金にならなくても、書くことが楽しかったんです。空いている余白を埋めていくことで、自分を確認するような気がしていました。でも、あれ以来ずっと、もう何か月も一文字も書けないんです。やりたい仕事をしているんだからと、自分に言い聞かせているんですけど……どうしてこうなっちゃったのか」

「力を持っている少数はいつも余裕しゃくしゃくなのに、力のない大多数の人は自分たちが何かを変えられるなんて思わないからです。僕たちは、諦めて我慢するしかないと思わされているんです」

ギュオクがゆっくりと言った。

「じゃあ、お宅の言う転覆ってどういう意味なんだい？　資本家とやらを相手に喧嘩でもおっ始めるの？　仲間を集めてデモでもやるの？　いや、僕は、自分が誰を相手に闘ったらいいのかもわからない。それに何かしたからって、何が変わりますか？　あんたの言う力のある少数ってのが持ってるものが何だかわかる？　結局、金だよ、金。韓国だけの話じゃなくて、世界中が金に振り回されてるんだ。それは神様だって変えられないよ」

ナムンおじさんの声がかすれた。ギュオクは視線を上げてナムンおじさんをまっすぐ見つめた。

「そう考えている限り、世の中はますます悪くなりますよ。悔しい思いをしてただ愚痴ばかり言ってるんじゃなくて、何でもいいから行動しなきゃ。僕の言う転覆はそういうことです。世の中全体は変えられなくても、小さな理不尽一つひとつに対して、相手に一泡吹かせることくらいはできると信じること。そんな価値観の転覆なんです」

「あのう………」

私が話し始めると、みんな水を打ったように静かになった。

「ギュオクさんみたいに仕事熱心な人がそんなことを言うなんて、本当に意外ですね。気に入らない上司に食ってかかろうとでも言うんですか。それで睨まれたら？　巧妙に仕返しされて、自分が損するだけだと思います」

私は残りのビールをちびちび飲んだ。ぬるい上に気が抜けて、麦茶みたいな味がした。

「私たちがウクレレのレッスンを受けることになったのも、考えてみるとあのお偉いキム部長のおかげです。転覆なんて言う前に、まずあの人に小さなひびでもいいから、亀裂を入れてみてください。それで、事務室であのげっぷの音をきれいさっぱり聞かなくて済むようになれば、願い事が一つは減りますね」

「ああ……」

ギュオクがにやりと笑いを漏らした。

キム部長は、思い出すだけでも顔をしかめたくなるような人だ。彼と毎日同じ事務室にいるためには、なるべく遠く離れているのが一番だった。食堂で向かい合って一緒にご飯を食べると、彼が小指を口の天井に突っ込んで、歯に挟まった食べ物を取り出してもう一度口に入れるのを見なければならなかった。自分の体の中で起こる生理現象をすべて表に出すのがキム部長の癖だ。げっぷとか、けたたましいおなら、フケがいくら落ちようと関係なく頭を掻くことなど。

いつだったか、すぐそばで話をしていて彼のげっぷを吸い込んでしまい、私はトイレに駆け込んで吐いてしまった。あの時私の背中をさすってくれたのはユ・チーム長だった。

「少々のことは我慢しよう、少なくとも目の前でズボンを下ろしてウンチはしないじゃない」

ユ・チーム長が本心から言っているのか、そう言って自分を慰めているだけなのかはわからなかったが、少なくとも彼女がこれまでにない優しい声で慰めるように言ったことだけは事実だった。こんな話をみんなに打ち明けると、ムインとナムンおじさんは、お腹を抱えて笑った。ナムンおじさんが涙をにじませながら言った。

「僕もおじさんだから理解はできるけど、それはちょっとひどいね。自尊心がないから、せめて生理現象で存在を確認しようとでもしてるのかね？」

ムインは思いきり笑ってすまなかったとでも言うように、同情論を繰り広げた。

「俺もつい笑っちゃったけど、実際のところそんなことで嫌悪すべき人間だと判断してしまうのはちょっとどうでしょうか。不快ではあっても、エチケットの問題なだけじゃないですか」

「確かにそうかもしれません。でも、排出するガスだけが毒なんじゃありません。キム部長自体がシステムの毒なんです」と私は言った。

社会生活をしていると、一見、ユ・チーム長のようなタイプが最悪だと感じるかもしれない。何をやっても小言ばかりで、人の苦労を何とも思わない直属の上司。でもユ・チーム長には、少なくとも裏表はない。ずる賢くなるには率直すぎるタイプと言うか。だから、言葉や行動の一つひとつを憎らしく思うことはあっても、文字通りただ憎らしいというだけだった。

　本当に悪いのは、キム部長のような人間だ。組織の要にあぐらをかいてでんと座り、全体を牛耳っている人。彼が組織の中間にいる限りは、部下の意見は絶対に上には伝わらない。そんな人が実権を握っているということは、それだけその組織が民主的でないということだ。

　何より、キム部長はこのアカデミーにインターンシップ制度を定着させた主犯だった。インターンシップ自体を非難するつもりはない。見込みのある双葉に水をやってどれくらい育つか見守り、正社員として採用するかどうかを決めるのは、企業の発展のためにも、社員の士気を高めるためにも適切な刺激だ。問題は、それが悪用されているという点だった。

　原則的には、インターンを採用して三か月後に、勤務成績によって正社員に「登用」するかどうかを決める。しかし、アカデミーでは一度もインターンが正社員に採用されたことがない。三か月経てば当然のように辞めていくだけだった。その後は、新しいインターンを入れて足りない人員を補った。そういう点で、私のケースは特別だという見方もできる。働き出して九か月が過ぎていたが、「インターン勤務延長」という変なラベルが貼られた私は、いまだに正社員ではなかった。インターンは何でも好きな講座を無料で受講できると、さもそれが恩恵でもあるかのように勝手に決めて、一方的に一定の金額を月給から天引きするのも、キム部長のアイデアだった。インターンに採用された私が自分をアルバイトと称するのには、れっきとした理由があった。

「どうせみんな、正社員になんかなれないことをわかっていてインターンに応募するんだよ。ジへさんだってそうじゃないの？」

いつだったかユ・チーム長が私を正社員に推薦しようと提案した時、キム部長は爪の垢をほじくりながらそう言った。本社でそれなりにやってきたという彼の意識水準は、せいぜいその程度だった。

ギュオクも、キム部長がどんな人なのかは、もう十分知っているようだった。キム部長の日頃の行い、例えば掃除のおばさんにまるで命令するようにぞんざいな口調で文句を言ったり、掃除中でもお構いなく断りもせずに用を足すことについてギュオクが熱弁を振るっている間、私はまだ誰にも話したことのないエピソードを思い出していた。キム部長がユ・チーム長に顔をしかめて、口紅の色を変えろとか、ヘアスタイルがおかしいとか文句を言い、彼女はぶつぶつ言いながらもその言葉に従うこと。でも彼女のプライバシーを考えれば、そんなことまで飲み会のつまみにしたくはなかった。たまりかねて一度、ユ・チーム長に食ってかかったことがある。

「ひどくないですか。股間でも一度ばんと蹴り上げてやればいいのに、チーム長はどうして黙ってるんですか」

「ジヘさん、私はね、小さい子どもが二人もいるのよ。定時に退勤しなきゃならないことも多いし、子どもが風邪(かぜ)でも引いたら、事情を考慮してくれるようお願いしなきゃならないこともある。そんな中で仕事を続けようと思ったら、我慢しなければならないこともあるって、あなたにはまだわからないわよ」

「チーム長、これは明らかに間違ってます。キム部長からセクハラされてると思ったことはないんですか?」

「じゃあ、あなたはどうしてキム部長に直接言わないで、私に言うの?」

ユ・チーム長が静かに尋ねた。腹を立てているのではない、真剣な目つきだった。彼女は笑顔を浮かべて私の背中を叩いて席を立った。

何も言えなかった。もしかしたら、子どもを産んだことのない人とは話が通じないという彼女の口癖も、私には想像もつかない思いが込められているのではないか。すき好んでそんなことを言う人になったわけではなく、彼女を心底そう考えるようにさせた社会のあり方が問題なのかもしれない。正しいことを直言すれば睨まれて、嫌な仕事を押し付けられ、耐えられなくなって職を失う……。

「痛い目にあわせてやりましょうか」

ギュオクが言った。

「一度実験してみるんです。恥を知らない人間が、果たして恥を知るようになるのか」

その時もまだ、本当に冗談だと思っていた。あるいはその場限りの話だとばかり思っていた。

ギュオクが言ったすべてのことが。

7　光が見えたね

数日後、講義資料を準備しようと事務室に戻った時だった。みんなコーヒーを手にぺちゃくちゃおしゃべりしているのに、ただ一人キム部長だけが身じろぎもせずに席に座っていた。よく見ると、顔が石のようにこわばって口をあんぐりと開けている。

「どうかされましたか？」

いつもと違う気配に気づいたユ・チーム長が近づくと、キム部長は震える指で何かを指さした。

「誰かが……こんないたずらしやがって……」

キム部長の机の上に置かれたくしゃくしゃのA４用紙が目に入った。わざとしわくちゃにしてから広げたような紙には、雑誌やチラシなどから切り抜いてコラージュしたカラフルな文字がくねくねと並んでいた。小学生のいたずらのようにも見えたが、内容は実に強烈だった。

屁をするな。

げっぷする時は口を閉じろ。

頭はトイレで掻け。


この哀れな豚さんよ！


隅には豚の顔が描かれており、その上に付いた吹き出しの中にはこんな言葉が書かれていた。

「ブヒブヒ」。ユ・チーム長が思わず、クッと声を漏らして、慌てて手で口を覆った。キム部長は、青ざめた顔でユ・チーム長を睨んだ。

「ユ・チーム長の仕業(しわざ)か？」

「まさか！」

ユ・チーム長はあり得ないというように顔を真っ赤にして、がたがた音を立てて席に戻った。

私は、思わずギュオクの方を見た。彼は脚立に乗って天井の蛍光灯を取り替えていた。

「何かあったんですか？」

私の視線を感じたギュオクが、私たちの方を向いて呑気(のんき)そうに聞いた。誰も答えなかった。

事務室には一日中冷気が漂っていた。食事の時も誰も一言も発せず、キム部長はご飯を半分も食べずにそそくさと席を立った。もちろんゲップとおなら、そして指で口の中のかすを取り出して反芻(はんすう)する儀式をすべて省略して。ギュオクは食欲が湧いたとでもいうように、普段より多めのご飯をぱくぱくと口に運んでいた。たまに目が合っても、表情に変化はなかった。彼は大きな声で「どうして何度も見るんですか。食べたいなら一口あげましょうか？」と冗談まで口にした。タイミングをうかがっていた私は、昼食後、事務室に二人だけ残ったのを見計らって、ギュオクに近づいた。

「あれはひどすぎますよ。いったいいつやったんですか？」

彼は、うーん、と声を出して伸びをして、首を左右にひねった。

「出勤して、みんな席を外していた時です」

「正気ですか？　事務室には防犯カメラもあるんですよ。あの上に見えませんか？」

声をひそめて話す私とは違って、ギュオクは特に声を小さくすることもなかった。

「こんなことで防犯カメラを確認すると思いますか？　確認するには面倒な手続きが必要だし、そんなことしたら、かえってみんなに知られて一番恥をかくのはキム部長ですよ。そんなことより、マーカーの出が悪くなっていたので、新しいのを注文してください」

ギュオクがにっこり笑った。

ギュオクの言う通り、犯人捜しは起こらなかった。変わったことと言えば、もうキム部長のガス噴出の音を聞いたり、臭いを嗅(か)がなくて済むようになったということだった。事務室の中の空気もいくぶんかはきれいになった。事件の翌々日から、キム部長は弁当を持ってきて、口数が目立って減った。何かを頼む時も、いつものずうずうしい表情の代わりに、ぎこちない笑顔を浮かべた。お互いへの不信感が空気中に漂ったが、少なくとも執務環境の二酸化炭素濃度は低くなった。

私たちは相変わらず、インターンという名のアルバイトに過ぎなかった。最低の賃金でコピーをとり雑務をこなす非正規職。けれど、キム部長の事件をきっかけに、ギュオクを見る私の視線には変化が起きた。職場内で二人だけ秘密を共有しているというのは、密かな仲間意識を感じさせる。ギュオクを横目でちらりと見る回数もずっと増えた。

誰であれ、目が合うとギュオクは必ず笑顔を送る。親切そうな寛容で公平な微笑み。しかし隣の席に座っていても、彼について何も知らなかった。知りたければぶつかっていくしかない。ある暇な夕方、私は遂にその質問を口にした。

「あの時、パク・チャンシク教授になんであんなことしたんですか？」

ギュオクの表情が微妙に変わった。私は勇気を失いそうで先を急いだ。

「光化門(クァンファムン)のカフェで見ました。ギュオクさんがここに入ってくる前のことです」

たどたどしくその日の状況を説明していると、顔が火照ってくるのを感じた。私は何も悪いことをしていないのに、こめかみのあたりから脈が打ち始めて一瞬にして首根っこまで熱くなった。緊張すると現れる症状だが、今がそうだった。言葉がつかえ、思考力は鈍る。

「キム部長にやったこともそうだし……ギュオクさんが本当に望んでいることは何なのか、知りたいです」

やっとのことでそこまで言った。ギュオクは興味深そうに私をじっと見つめていたが、返事の代わりに突拍子もない質問をしてきた。

「僕のことが知りたいんですか、それとも僕がしようとしていることが知りたいんですか？」

「まあ、両方でしょうか。分けるのが難しいですから」

すると、ギュオクから意外な言葉が返ってきた。

「お互いのことをもっと知るために、お酒でも一杯やりませんか、僕たち？」

目の前で熊さんがにっこり笑っている。僕たち。言葉の最後にその単語を甘く付け加えてさえいなかったら、その日、彼に付いては行かなかっただろう。

＊

ベニー・グッドマンの〈Body and soul〉が流れる。オーナーのお気に入りなのか、間違ってリピートになったのか、ずっと同じ曲ばかり繰り返し流れている。すでにテーブルに並んだ空き瓶は六本を超えたが、その間どんな話をしたかはよく覚えていない。私たちは、ただ黙ってその気だるく、それでいてポンポン弾けるようなメロディーが、耳から入って抜け出していくのを感じていた。ときどきそんな時がある。音楽と酒と心が入り乱れてどうにもしようがない、何の言葉も必要ない、そんな時が。

私の前に座っているのは、首が伸びたTシャツに、だぶだぶのジーンズをはいたどこにでもいるような男だ。突拍子のないこともやるが、アカデミーではコードの埃なんかを拭いている非正規職のインターン。私の視線は、がっしりした彼の肩のラインをたどって上がっていった。男にしてはずいぶん色白の顔に、素朴だけど整った目鼻立ちが印象的だ。それでも、私が付き合ったり理想のタイプにしてきた男たちと、共通点など宇宙の塵ほどもない。それにしても私は今、この人にどんな感情を抱いているんだろう。私を路地に案内した時にちょっと肩にかかったギュオクの手の感触がまだ残っているようだ。あり得ない。思わず首を激しく横に振った。それでも胸はドクンドクンと波打っている。毎日毎日、何か話すとき必ず最後に優しくジヘさん、ジヘさん、と私の名前を呼んでくれるからなのか。心の中を読んだかのように、今更のようにギュオクが聞く。

「ところで、呼び方はジヘさんのままでいいですよね？　嫌だったら、今からでも先輩と呼びますか？」

「いいですよ。どうせ同じインターンですから。歳も同じだし」

「そうですね。同い年」

私たちは互いを見つめ合った。そしてとりとめのない思い出話が続いた。

「九四年のこと覚えてますか？　幼稚園に通ってたけど、あまりにも暑くて夏休みがすごく長くなりました」

「いいえ、みんな年度まで覚えているほど暑かったって言うけど、私は全然記憶にないんです。でも小学三年生の時ＩＭＦが爆発[14]したのは覚えてます。留学していた叔父が帰ってきて、金(きん)を集める運動[15]をすると言って、うちの母の金の指輪も売ったそうです。家にあった金を売ったからって国が救われるのか……」

「それから、中学に上がる前の年が世紀末だったでしょう。変えよう変えようすべてを変えよう、そんな歌が流行った頃、僕は中学入学前の先行学習[16]で根の公式を覚えながら、本当に地球が滅びることを願ってましたよ」

「ピンクルパン（人気ガールズグループの名前を付けたパン）を食べてポケモンのシールを集めたあの頃ですね」

「そうそう。でも、地球は本当に滅びるんだという噂がやたらと飛び交ってました。僕たちはまだ小さかったけど、携挙(けいきょ)[17]とか言って、みんな一緒に空に上っていくと大騒ぎだったみたいです。二〇一二年にまた滅亡騒ぎがあったけど、やっぱり滅亡なんかしませんでしたね。地球ってしぶといですよね」

私たちはキム・ヨナ選手の初登場、ＳＵＰＥＲ ＪＵＮＩＯＲ（二〇〇五年デビューの男性アイドルグループ）のファンだったこと、サイワールド[18]でプロフィールを毎日のように変えたり、今見たら中二病としか思えない、穴があったら入りたいような書き込みをしたことなどの話で盛り上がった。ドラマ『パンオリム[19]』のユ・アインとイ・オンニム、今は歌手のソ・テジの妻となったソ・ジョンミンのことも。そして、八八年生まれの中で一番成功したクォン・ジヨン[20]についても。

「波瀾万丈ですね。私たち、結構長く生きてきたんですね」

私の言葉に、ギュオクは急に真顔になって指を振った。

「それくらいのことで波瀾万丈だなんて。日本の植民地時代に幼年期を過ごして、青春時代には同じ民族同士の戦争に巻き込まれて分断を経験し、中年になって漢江(ハンガン)の奇跡[21]を成し遂げ、今日に至ったお年寄りだってまだ現役なのに。この前タクシーに乗ってたら、横の車がぐいぐい割り込んできたんです。その時の運転手さんの罵声(ばせい)がもの凄(すご)いんですよ。おい畜生(ちくしょう)。ベトナムだったらお前をM16で撃ち殺してたぞ！　相手のアウディのドライバーに聞こえるはずもないのに、一人で首に青筋を立てて叫んでるんです。仕返しの煽(あお)り運転までして。この野郎め、俺は国家有功者だぞ！　って」[22]

「ハラハラしたでしょうね。それで、大丈夫だったんですか？」

　私は尋ねた。

「褒めちぎってあげたんです。おじさんのような方々の犠牲のおかげで、韓国がこれだけ生きやすくなったと。その言葉は必ずしも嘘ではありません。ある面では否定できない事実ですから。とにかく、それでようやくおじさんの興奮が収まりました」

「大変でしたね。でも、私、ときどき心配になるんです。私たちは簡単に他人のことを批判したり、情けない奴って言ったりするじゃないですか。でも同じ立場になったら、自分はそうならないと言い切れるかなって。人を見て批判するのは簡単です。人間としての品位とか道徳とか、常識を物差しにすればいいんですから。でも自分のことになると誰でも自分がかわいいので、その物差しがいつでもしっかり働くとは限らないと思うんです。私がもしそんな戦場みたいな状況を経験していたら、その運転手さんのようにならない自信はないです。そうならないためによっぽど努力しなくちゃいけませんね」

「どんな努力ですか？」

「せめて自分のためだけに闘うのはやめようと、いつも心に誓っています。ダイエットと同じで、心に脂肪がたまってしまえば終わりですから。正解かどうかはわかりませんが、少しはましな人間になれたらと思っています」

これまでどんな人生を送ってきたのか、どんな家庭で育ったのかなど家族や個人的なことは話さなかった。二人とも、最後までため口で話そうとも言わなかったけれど、同世代の連帯感が、そして他人が聞いたら馬鹿みたいな話を打ち明け合うのが嬉しかった。

突然顔が火照って、それを隠すために立て続けにビールを飲み干した。ギュオクが私を穴の開くほど見つめているのが見なくてもわかる。素直になってもいいんだろうか、私。こんなことを考えるなんて、もうだいぶ酔っているようだ。

「まだジヘさんの質問に答えてませんでしたね。パク・チャンシク教授と僕がどういう関係かと言うとですね」

「どういう関係なのかは、あの時言ってたじゃないですか。本を書く仕事を手伝ったって。バイト代をもらえなかったという話もです。知りたいのは、なぜあんなやり方をしたのかということです。みんな見ている所で、ものすごい大声で」

そう言って、彼の答えを聞こうと唾をごくりと呑み込んだ。ギュオクがしばらく遠くを見つめた。

「眠れませんでした。本当にあの本はほとんど僕が書いたんです。信じてくれる人もいないけど。ある意味、自分の良心を欺(あざむ)いて手伝ったんです。先輩にバイトを紹介してもらって、文書の整理を手伝うことから始まりました。でもそんな目に遭ってからは、あのバイトをしたことをものすごく後悔しました。そして、その後悔が怒りに変わっていきました。あの人は何としても何かを失わなければならないと思いました。たとえそれが、自尊心をほんの一瞬揺るがすだけの小さなことだとしても。そうしてはじめて、少しは公平になるんです。過ちを犯したのに何の代償も払わず、のうのうと名声を維持しているんだから」

「じゃあ、罰を与えるためにあんなことをしたんですか？」

「罰というより、ちょっとした恥さらし程度ですよ。二十年前、教授があんな事件を起こした時、みんな彼が二度と人前に出られないだろうと思いました。しかし、現実はまったく逆じゃないですか。パク教授は自分がセックススキャンダルを起こしたというのに、よりによってその〝性〟を、つまらない哲学と結びつけて売りにしたんです。そんなことが許されるでしょうか。僕はただ、それが正しくないということを大きな声で言っただけです。それで何かが変わるなんて考えてはいませんでしたが……。パク教授にああやって叫んだのはいいけれど、僕はその日からすることがありませんでした。何をしようか探していて、パク教授が最近まで講座を持っていたアカデミーのホームページにアクセスしてみたんです。そこでインターンの募集広告を見つけて応募したんです。パク教授のおかげで、ここに就職できたようなものです」

ギュオクが苦笑いして、手にしたビール瓶をゆっくり一回しした。

「でも本当に不思議です。パク教授にあんなことをしてみたら、心の中でひっかかっていたものが一つ消えてるんです。ただ外に向かって大きな声で一度叫んだだけなのに。少なくとも、僕があの人が心の奥底にしまい込んでいる恥を一度くらいは反芻させてやったのではないか、と思いました。あのあといろんなことを考えるようになりました。間違っていることを間違っていると言うだけでも、少しは世の中が変わるのではないかと」

「うらやましいです、その勇気が。私は絶対にそんなことできません。何かが間違ってるとは思うんですけど、決して行動にはつながらないんです。できないんじゃなくて、やらないんですよ。やらないからできない。つまり私は、拍手を送る側の人なんです。主人公じゃなくて観客、芸術家じゃなくて大衆です。私はそういう人間です。救いは、ほとんどの人が私と同じだということくらい」

ギュオクは私の瓶に軽く自分の瓶をぶつけた。

「観客がいなくては、誰も主人公になれません。大衆がいなくては、芸術家も誕生しませんし。部屋の中で一人でショーをするのも芸術だと考える芸術家ならともかく」

クスッ。笑ってしまった。笑ってから考えてみると、そんなに面白い言葉でもなかったのに。

「言い方を換えれば、観客であり大衆であるジヘさんは、すごい人だということです」

「ありがたいけど慰めにはなりませんね。塵が集まって宇宙になるからといって、自分が塵だと言われたら嬉しくはないですから」

「それに、そう考えること自体、慣らされてしまっているだけです。観客が舞台の上に上がるなんて考えてもみないだけで、すべての観客は舞台の上に上がることができるんです。そして……」

ギュオクは何回か拳を握ったり広げたりした。

「舞台に上がらなければならないんです、今こそ。世の中っていうのはもともとそういうものです。誰かが行動しなければ、何も変わりません」

「行動したからって、変わるんですか？」

「さあ。確かなのは、何かが少しも変わらなかったとしたら、それは誰も行動しなかったということです」

ギュオクが命題の対偶の理論を使って言った。そして突然、思ってもみなかった言葉を投げかけた。

「ところで、ジヘさんが本当にやりたいことって何ですか？」

かなり攻撃的な質問だった。失礼だと感じるほどに。本当にやりたいこと。その質問を受けて、苦しくない人がどれだけいるだろうか。実は私もわからないと言えなくて、何とかその質問を避けに避けてここまで来たのに。あるいは昔抱いていた夢が遠のいたことを認めたくなくて、もっと遠くに来てしまったのに……。それを今更どうしろと。少しためらってから、ゆっくりと口を開いた。

「大企業が主導する芸術ではなく、ちょっと違うことをしてみたかったんです。バラエティに富んでいて、小さくても価値のあるものを作り出す、そんな企画をしたいんです。高尚すぎてなかなかメジャーになれないからと別冊付録のようにセットにして売るのではなく、小さくてもそれ自体が認められる文化とコンテンツ。たとえ少数でも人の心に触れて、慰めることのできる芸術と文化を模索し、提供したいと思っていました。だから借金をして勉強し、小さな企画事務所も何か所か経験しました。でも、そのうちに限界を感じました」

私は小さく息を吐いた。

「それから私が懸命にやったことが何だかわかりますか？　大企業の入社試験への応募しかありません。結局、文化産業も全部大企業が掌握してるんですよ。お金がたくさんあるから、何を企画してもそれなりの結果が出ます。資本をつぎ込めば、何でもとりあえず彩(いろど)りが良くて美味しそうなものができます。だから私がやりたいことをやるには、ひとまず私の価値観に反するところに入らなければならないんです。どうしてかって？　私には力がなく、彼らには力があるから」

「それで結果は？」

「次々と落ちました。TOEIC塾の受講料やカフェの費用ばかりが無駄になって、落ちまくって、大企業傘下のアカデミーでコピーをとりながら、今こうしてギュオクさんの前に先輩面（づら）して座っています。主流になれなかった自分の失敗談を話しながら」

沈黙が流れた。ギュオクは私をどんな目で見ているのだろうか。憐憫（れんびん）？　連帯意識？　ビールの瓶を口に運び、一口ゆっくり流し込んだ。シュワシュワした炭酸が食道の粘膜を軽快にくすぐった。なんでこんな話までぶちまけたんだろう。もう長いこと、そんな質問をされていなかったからかもしれない。どこなの？　いつ来るの？　いつまでかかるの？　知らないの、なんでわからないの？……そんな質問ではなく、私という人間についての、私の夢についての質問。

「ありがとう、そんな話をしてくれて。ねえ、僕、もっとたくさん話したいです、ジへさんと」

顔を上げた。ギュオクは私をじっと見つめている。徐々に彼の顔に明るい笑みが浮かび始めた。しかし、私に向けた笑顔ではなかった。後ろから、しわがれ声が私を呼んだ。

「やあ、ワイズさんもいらしてたんですね」

ムインとナムンおじさんだった。ギュオクの笑顔は、彼らに向けた歓迎の表情だった。いきなりアネモネマダム[23]になったかと思うと、顔がかっかと火照った。ナムンおじさんとムインが椅子にお尻をつけながら言った。

「遅くなったね。ちょっと仕事が長引いたもんで」

「おじさんに途中で会って一緒に来たけど……ここ雰囲気いいですね」

「何の話してたんだい？　彼氏と彼女のデートを邪魔したんじゃないよね？」

疑うような目で私たちを見つめるナムンおじさんに、ギュオクが手を横に振った。

「デートだなんて、ジヘさんが気分悪くしますよ。ただジヘさんの人生の話を聞いていただけです」

なぜか秘密が露出したような気がしてうろたえた。しかも何でもないことのように話題にされて、何か拍子抜けする気分。それでもギュオクの表情に悪意はなかった。ともかく、みんなで集まった理由が気になった。

「本当にキム部長にいたずらの手紙を置いたんですって？」

「僕はキム部長と何の関係もないけど、ジヘさんが一番スカッとしただろうね」

「少なくとも事務室の空気は、少しきれいになったような気がします」

無理やり付け加えたら、予想外にみんな爆笑する。

「それは小さな始まりにすぎません。今はすべてが滑稽(こっけい)ないたずらのように見えるでしょう。でも、無意味ではないと思います。僕たちは何らかの形で変わることになるはずです」

ギュオクがよくわからないことを言った。しかし、ナムンおじさんとムインは真剣だった。

「そう。いたずらになるか、単なるハプニングで終わるかはわからないけど、少なくとも退屈な人生をただ毎日繰り返しているよりは面白いだろう」

ナムンおじさんが答えた。ムインは癖なのか、唇を嚙みながら言った。

「どうせ筆は進まないし、ほかにすることもありません。コンビニのバイトと週に二回、高校生の論述の家庭教師をする以外は、時間も余ってます。出来るだけ参加してみます」

「参加って……?」

私だけが首をひねって聞いた。ギュオクの太い眉がぴくっと動いた。

「遊びたいんです。硬直化した世の中で、みんな無気力症に陥っています。僕は反旗を翻(ひるがえ)してみたいんです。青臭いと罵(ののし)られてもいいから、せめて抵抗してみたいんですよ。歴史が物語るように、急進的な革命は失敗するでしょう。世の中はどんどんパサパサに乾き、コチコチに固まってきて、ちょっとでも目立った動きをすればすぐに見つかってつまみ出されてしまいますから。僕は統制や検閲が及ばないようなことをしてみたいんです。楽しく、遊びのようにね」

「遊び、ですか?」

キム部長の机に置いてあったいたずらの手紙と「遊び」という言葉のギャップを感じて、慎重に尋ねた。ギュオクが言葉を続けた。世の中に変化を引き起こすために必要なのは、いたずら、あるいは遊びだ。遊ぶように、不当なところに一針を刺す。そうすればいつかは何かが変わり、だんだん広がっていくだろう。それが彼の主張だった。聞いているともっともらしいが、よく嚙みしめてみると首をかしげたくなるような言葉だった。私がぐずぐずそんなことを考えていると、それを断ち切るように、ナムンおじさんがテーブルをドンと叩いた。

「話が長すぎる。よくわからないけど、面白そうと思うならやってみることだよ。そうだろ？」

ムインもうなずいた。

「何であれ、凝り固まった脳の刺激になればいいですね」

ギュオクの目が優しく私の方を向いた。

「まだ聞いてませんでしたね。ジヘさんも一緒にやってくれますか？」

みんなが私の返事を待っていたが、私は答えられなかった。ギュオクが付け加えた。

「実際にやることは、微々たるもので滑稽に見えるかもしれません。でもその滑稽さが、空気に何らかの振動を与えることはできるでしょう。だから大げさに考え過ぎないことです。行為そのものが目的です。僕たちはただ遊んでみればいいんです」

ギュオクがビールを一気に飲み干した。彼の喉仏が上がったり下がったりするのを見ている間に、ビートの速いダンス曲一色だった店内のＢＧＭはオールドジャズに変わった。エラ・フィッツジェラルドが気だるく歌う〈I'm beginning to see the light（光が見えたね）〉が耳元に優しく絡みついた。果たしてそれで光が見えるようになるかどうかは未知数だったが、いつまでも足踏みしているよりは、どの方向であれ一度前に進んでみたくなった。ちょっと考えて、結局、私はつぶやくように言ってしまった。

「私も、私も一緒にやります……」

何をするのかもわからないのに、一緒に、という言葉に力が入った。ギュオクの口の端がにっと上がった。血中アルコール濃度がだんだん高まっていた。空気は踊りを踊って、世界がぐるぐる回っていた。軽快な音楽の中で、私たちの会話はどんどん声が大きくなっていった。エラ・フィッツジェラルドが、相変わらず光が見えたねと口ずさんでいる。そっと目を閉じた。確かに目を閉じたのに、どこかで光が煌(きら)めくのが見えたような気もした。

8　灰の山で踊りを

私は決して積極的に行動するタイプではなかった。むしろ後ろに隠れているか逃げ回っている方だった。大学に入学した年、全国に革命の波[24]がうねっていた。二〇一〇年代に向かう途中、一九八〇年代に起こった出来事[25]が再現された。桜が散って夏に向かいつつある頃だった。全国の人々がろうそくを持って街頭に出た。みんな夜を徹して歌を歌い、放水銃を撃つ人に向かって声を上げた。私も街に出た人々の一人だった。

久しぶりに世代を超えた連帯が作り出したにぎやかな祭りのような広場に、私たちは毎日毎日ろうそくを持って出かけた。でも私の心は、そこには向いていなかった。浪人したのに望んでいた大学に行けなかった敗北感と初恋の失敗が入り混じった倦怠（けんたい）感は、やっと二十歳を過ぎたばかりの女の子が背負うにはあまりにも重すぎた。正直私は、自分が何のためにその場にいるのかさえはっきりわからなかった。ただみんなと一緒でなければという思いと、何かを叫ばなければならないという大義になんとなく同意しただけだ。しかし、私が持ったろうそくの灯(ひ)には何の力もなく、首都圏近郊にある私たちの大学を象徴する旗は、ソウルの有名な大学が誇らしげに掲げた旗に比べて、あまりにもみすぼらしく恥ずかしかった。

　ある日、私は隊列を離脱した。その喧騒のすぐ近くにも静かな場所を見つけることができた。広場の向かいの住宅街の塀に登った。静かで暗かった。遠くから歓声と歌声が聞こえてきた。ろうそくの灯が空気を焦がす香ばしい匂いが、そこまで風に乗ってきた。その時、私は一人で決心した。みんなが集まっている時に、たった一人だったこの瞬間を忘れないと。特にその決心に何か名前をつけたくはない。集団の記憶ではなく、完全に私の胸にだけ刻まれた寂しくて美しい一枚の小さな絵だ。そして少し悲しい予感がした。みんな今日という日を忘れてしまうだろうと。今の熱気はすぐに消える花火のようなものだと。

　結局、誰も彼らが反対していたことを阻止できなかった。すべてが思い出のような後日談になるまでに、実に短い時間しかかからなかった。そこに一緒にいた人たちは、みんなそれぞれの場所に戻り、自分のためだけに生きた。

　その夜、私は酒に酔って朦朧(もうろう)としたままパソコンの前に座り、全国民が広場に出ていたその年の夏の写真を検索した。光化門(クァンファムン)の通りがろうそくの炎でびっしりと埋め尽くされて光り輝く光景は、いつ見ても驚かされる。光が一つひとつ集まって、知っていた世の中の姿を完全に一変させる。純粋に美しいとしか言いようがない。本当にこんなことがあったのだろうか。そして、あの光の海のどこかに私がいるというのだろうか。感動が押し寄せる。短くて揮発性の高い感動が。

悔しかったし、腹も立った。でも、人々は世の中に繰り返し起こるとんでもない出来事を簡単に忘れてしまった。そうしてはじめて生きられるからかもしれない。忘れないと、生きられない。いや、助からない。

私もそのうちの一人だった。私はただ、ほかの人たちと同じように行動しているだけだった。多くの人たちが選択するものを選択し、多くの人たちがしないことはせず、世の中にまかり通っていることにはぺこぺこ頭を下げ、自信なく、はい、と言ってしまう……。

そんな私がギュオクの提案に同意した理由は何だったのだろうか。単にギュオクに惹かれたからだけではなかった。せめて一度は、一度くらいは自信を持って叫んでみたかったからだろう。

私は、あなたたちと違うと。

*

暗くじめじめした夜だった。最初の遊びの場所は、弘大近くの小さな高架橋の下だった。灰色の壁の上に、さまざまなグラフィティがごちゃごちゃに描かれていた。用意してきたスプレーを取り出したのはムインだった。

「前に一緒に住んでいた奴がこういう方面でちょっと有名になったんだけど、そいつが引っ越す時に置いて行ったものなんです」

私たちはしばらく壁をじっと見つめた。よくわからない英語の単語やロボットの絵などで埋め尽くされている。

「さあ、では始めましょう」

ギュオクが言った。ナムンおじさんは少したためらっているようだった。

「でも僕たちプロじゃないのに、本当にこんなことしていいのかね？」

「プロではないというのがポイントです。練習なんです。僕たちの中に住みついた権威に対する服従を打ち破る練習」

「グラフィティと権威に何の関係があるの？」

「グラフィティ自体が、権威に対する抵抗を意味しています。由来からしてそうなんです。決まった形なんかまったくなくて、ただ落書きをしたものが集まって意味を生み、新しい文化になったんですよ。でも、ちょっとこれを見てください」

ギュオクは壁の一箇所を指さした。一人の男の肖像が描かれていた。ちょっと見ただけでも力が入っていることがわかる絵で、ほかの絵とは違い、使われている塗料も高そうなうえに色数も豊富だった。

「絵が問題なのではありません。問題はこれです」

みんなの視線が絵の横に貼られた注意書きに向かった。

芸術家の魂が込められた作品です。多くの方々が見られるように、大切に守ってください。

その下には、絵を描いた人の学歴や個展の経歴がずらりと並んでいた。その作家の名前は、どこかで聞いたことがあるような気がした。

「この人が誰か知っていますか？　それなりに有名な現代作家だそうです。才能寄付だとか称して、一緒に参加した学生たちに背景を塗らせて下描きまでさせたそうですよ。そんなことをしておきながら、心を込めて描いたと言って、手を触れるなと自ら警告文まで貼ったんです。ストリートアートの本質は自由です。なのにストリートにさえ権威を持ち込むなんて」

ギュオクが話を締めくくった。私は少し違う意見を言った。

「でも、バスキアも自分のグラフィティにコピーライトの印（しるし）を入れました。それは彼の芸術家としての自負心の表現でもあったんです」

「そうでしたね。でも、少なくとも自分の絵を消すなという言葉を直接書き込んだりはしませんでした。それに、この陸橋は十数年前から市民たちの画用紙のような場所です。ここは誰でも絵を描くことができる場所なんです。こんな所に手を触れるなという注意書きをでんと貼って、メディアの取材を受けて、作品の販売サイトとリンクしている個人のホームページにそのインタビューの動画をアップしました。そんなことをするなんて、自ら才能がないと宣伝してるようなものです。才能がないだけではなくプライドもないのです。自由芸術の領域に、芝生に入らないでくださいという注意書きが付けられているのと同じですよ」

私はグラフィティの起源について少し考えた。洞窟の壁画に由来するなど諸説あるが、最初にグラフィティで有名になったのはタキ１８３だ。一九七〇年代初めにニューヨークの各所でＴＡＫＩ１８３という落書きが見つかった。のちの証言によれば、メッセンジャーボーイとして街をあちこち歩き回っていた時に、自分がそこに来た印として暇つぶしに落書きを始めたそうだ。ＴＡＫＩとは自分の愛称、１８３は彼が住んでいる番地だった。彼は何の説明もなく自分の爪痕(つめあと)を残した。ただやりたいから、あるいは面白いから。グラフィティはこうして作品ではなく、風景の切れ端として誕生したのだ。

その後グラフィティは、ストリートアートとして、そして辺境の芸術として社会に広がっていった。しかししばらくすると、ニューヨークの街に所構わず描かれた落書きが社会問題になり、芸術的価値は転落した。再び芸術としての価値に気づかせてくれた人たちの中でも、私が好きなアーティストは匿名のアートテロリスト、バンクシーだ。

マスクで顔を隠したまま、みすぼらしい壁を芸術作品に変えた後、忽然と姿を消す。美しく強烈な絵と寸鉄人を刺すような文章で、世の中に警告を発したりユーモアを投げかける。自分の作品を消すのも、複製したり配布するのも自由だと公言する。最初は非難していた人たちが、一転して彼の作品を歓迎して敬意を表し、商品化して展示会を開くようになった。逆にバンクシー自身がその過度の商業主義的利用に不満を持つほどに。それでも作品や発言を通して発したメッセージが、多くの人々の心に届いたという点で彼は成功した。ところで今、目の前にあるこの厳かな壁に向かって、私は何をしたらいいのだろう。

考え込んでいると、横でシューッという音が聞こえた。ムインだった。彼は作家の絵の上にスプレーを長々と噴射していた。横に長い線を引き、縦に四本の線を描いた。今度は上に笠を載せ、下には四つの点を打った。ようやく彼が動きを止めて後ろに下がった。壁には、最初はなかった文字が出来上がっていた。「無」という漢字だった。その横には「人」の字が続いていた。

「漢字はさっぱりわからないけど、これぐらいは僕にだって読めるよ。ムイン。まさか君の名前の漢字は、本当にこれなのか?」

ナムンおじさんが驚いたように聞いた。

「いいえ、武官の武（ム）に、情け深いという意味の仁（イン）と書きます。でも、いない人、無人（ムイン）として扱われることが多いですから」

私たちはムインが大きく描いた、無の字を眺めた。

「無っていう字、こうして見ると本当に図形みたいだな。無いというのをなんでこんなに複雑に表現したんだろう?」

ムインが答えた。

「無の字の四つの点は、灰を表しています。森が燃え尽きて灰だけ残った形なんです」

「哲学的だね。丸もひとつ描けばよかったのに」

ナムンおじさんが舌打ちをすると、スプレーで小さく丸を描いた。

「おおー、これは面白いぞ。ワイズさんもやってみなよ」

ナムンおじさんがハートや星といった単純な図形を描いている間、私は手に持ったスプレー缶を振った。壁に向かって指でノズルキャップをぐっと押した。シューッ——強く発射される気体の振動が指先に感じられた。ひやりとした。何を描けばいいかわからなかった。なんとはなしに、壁面を埋めた文字と絵の上に、線を引いてみた。スプレーの粗い粒子が文字と絵を次々と覆っていった。これまでの人生で、私は、誰かを覆ったり消したりすることなんて一度もなかった。それを、手にしたスプレーが代わりにやっているのは、とてもワクワクすることだった。ある意味では、もの悲しくもあったが。

　ちらっとギュオクを見た。調子に乗ってスプレーを噴射しまくるナムンおじさんと違い、ギュオクはしばらく壁に向かって立っていたが、突然、作家の厳粛な肖像に口ひげを描き入れた。最も真剣にやっていたのはムインだった。夢中になって何かに取り組んでいた彼がこちらを向いて、ジャーンと自分の作品を披露した。さっき彼が書いた「無」の字が、「舞」の字に変わっていた。

「舞人(ムイン)なら、舞う人？」

　ムインがうなずいて、点があった所に書いてある文字を指さした。

「これがどういう意味かわかりますか。舛という字で、入り乱れるという意味です。つまり燃え尽きて残った灰が、再びめまぐるしく乱れ飛ぶのが舞いなんです。ということで、俺、踊ります」

　ムインは気分のままにでたらめに体を動かし始めた。遠くの酒場から昔の歌謡曲が聞こえてくる。ナムンおじさんも、体を左右によろめかせながら踊りだした。まるでだるまが踊っているようだ。ギュオクが私に丁重(ていちょう)に手を差し出して、ソフィアさんも一曲踊りませんかと尋ねる。私は軽く目礼をして彼の手をとった。私たちの危なっかしい身振りがだんだん興に乗ってきた頃、さあっと風が吹いてきた。陸橋を通る自動車のライトが一瞬流れ込み、影を作りだす。私の心も気体のように軽くなって、空の上に浮び上がっていた。

一週間後、時間を作ってもう一度その高架橋の下を歩いた。私たちの痕跡はすでにほかのグラフィティで埋まっていた。私が描いた線も跡形もなくなっている。しかし、ムインが残した舞の字は生き残った。その上には、賞賛でもするかのように、星が一つ大きく描かれていて、両側は新しい絵で埋め尽くされていた。つまり少なくとも一つの足跡は残ったというわけだ。舞の字だってすぐに消されてしまうだろうが、それで十分だった。私はケータイで写真を撮って、みんなに送った。ムインは大喜びして意外な返信を送ってきた。

——俺は今、机の前に座っています。もう一度頑張って書いてみようと思います。ものを書いてこそ物書きですから。

9　あるお母さん、あるお父さん

「うわあ、百万年ぶりだよ、マジで」

白い泡が立ったビールジョッキを軽々と持ったダビンが、涙ぐんでつぶやいた。ジョッキに口を付けようとした瞬間、店員が慌てて駆けつけてきて身分証[26]の提示を要求する。ダビンは面倒くさそうな顔になったが、しょうがないなあと言いながら身分証を取り出して見せた。店員はちょっと驚いたようだったが、恐縮した顔で戻っていった。身長一五七センチ、四二キロ。おかっぱ頭に小さい丸顔。完璧なベビーフェイス。知らない人が見たら高校生を通り越して、中学生にすら見えるダビンは、仲良くしていた五人の大学時代の友だちのうちの一人だ。私たち五人はとても仲が良かった。授業を一緒に受け、彼氏を真っ先に紹介し、卒業後も誕生日の集まりを必ず開いた。

人生のペースやレベルが合わなくなったのは、二十代半ばを過ぎてからだった。少しずつ危うくなっていた五人の結束は、最初にテープを切ったジウォンの結婚によって完全に崩れてしまった。家が裕福で初めから就職戦線にも参入しなかったジウォンは卒業後もぶらぶら遊んでいたが、ある日結婚を発表してから、グループトークにはスドメ（スタジオ、ドレス、メイク）の価格や布団の写真、私たちにとっては目の毒でしかないダイヤの指輪の等級別写真がアップされるようになった。彼女のインスタでも飽きるほど見た写真だった。

　事の発端は、ジウォンとほぼ同じ時期に結婚を控えていたダビンの、何のためにそんな無意味なことをするのという思いだった。頑張って勉強して、親の手を一度も借りずに学費を全部払ったダビンは、住宅費は折半、礼物（結婚の際に新郎新婦がお互いにする指輪、宝石などの贈り物）の廃止を主張する実用主義者だった。そんなダビンの反応にカチンときたジウォンが、ことあるごとにダビンに、損する結婚だとか、何もしてもらえないのは、男に馬鹿にされてるからだというような挑発的なことを言い始めた。

　ジウォンにうんざりしたのは残りのメンバーも同様で、私たちは四人だけのグループトークルームを内緒で開き、ジウォンは返事が少なくなったトークルームに、彼女の自慢話の頂点となる豪華な新居のインテリアをアップして、自分の結婚のレベルの高さを誇った。そのうち、自分の知らない別のトークルームがあることを知った彼女はかんかんに怒った。揚げ足取りで始まった喧嘩は、悪口の応酬から互いを侮辱し合うまでにエスカレートし、ツイッターには誰かを狙った毒気に満ちた言葉が連日のようにアップされた。ジウォンの結婚式が終わると、メンバーのうちユリやヘナとは自然に連絡が途絶えた。私がまだダビンと仲良くしている理由は、私の価値観がスドメのレベルをひけらかして誰かを蔑視するジウォンよりは、そういうことに反発を感じるダビンの方に近かったからだろう。

ワーキングホリデーでオーストラリアに行って農場で死ぬほど苦労したのは、ダビンの永遠の武勇伝だ。しかし、今はその武勇伝が別のものに変わったようだ。育児と家事に。実はダビンが結婚すると言った時、みんな少なからず驚いた。結婚なんかしないか、するとしても一番最後だと思っていたからだ。ダビンは、それも若いから選べる選択肢だと言った。その点では自分もジウォンと違わない、と付け加えながら。

ダビンはオーストラリアで想像を超える最下層の労働者の扱いを受けたそうだ。一日中、炎天下で競わされた、まるで機械になったかのような肉体労働、中間管理者たちによる搾取、二度と思い出したくもない農場オーナーの人を人とも思わない態度。話を聞く限り、農奴か奴婢(ぬひ)と変わらない。

若さを使いきって疲れてしまったためか、帰国したダビンは何かを本気で始めもしないうちに、結婚をせがむ彼氏が現れると、二つ返事でその道を選んだ。その結果、彼女は幼稚園に通う息子の母親になっており、旅行会社でなんとか続いていたキャリアはそこで途絶えることになった。そして今、ダビンが私の目の前で自分の顔より大きなジョッキを持ち上げている理由は、〝ワンオペ育児〟のストレスとコミュニケーション不足の夫への不満のため。なんだか本当にありふれた展開のようだが、ダビンは「それが現実」という決まり文句を口にした。ずっと硬い表情だったダビンは、アルコールが適度に回ると、充電できたとばかりに楽しそうに打ち明け話を始めた。

「満三歳になるまでは、まるで地獄だったよ。一時間かかってやっと寝たのを確かめて、くたくたになった体をそっと起こすと、私の背骨がボキボキいう音に、ううんと言いながら目を覚ますの。そんなことが二十四時間続くんだよ。テレビの音も子どもの泣き声に聞こえて、耳の中ではいつも金属音か波の音かわからない変な音がしてた。数年かかってやっと、トイレをしつけて自分で自分の服を着る人間に育てたと思ったら、まだほんの五歳のくせに、十五歳の反抗期みたいに振る舞うのよ。駄々はこねるし、わがままで、何かというと口を挟むし、ノーノーと叫んでばかり……ごめん。私も前はおばさんたちの、子どもを産んで大変だというお決まりの愚痴を聞くのが、本当に嫌だったんだ。でもその大変さがどういうことなのかようやくわかったよ。ただ体が疲れるとか、眠れないからじゃないの。自分の思い通りにできることがないのよ。トイレに行くほんの数秒。ご飯が喉を通り過ぎるその瞬間。冷蔵庫のドアを開けて水を飲むそのちょっとの間。そんな時間さえ作れないんだよ。そんなちょっとした行動も一つひとつ邪魔されたり、泣いたり駄々をこねる声で止められたり、そういうことが繰り返されるじゃない？　おかしくなっちゃうよ。農場では、ただ自分の労働のスピードとスキルを上げれば、それで良かった。大変でもじっと我慢して、もっとたくさん働けばいいだけなんだけど、これは違うの。高度の心理的拷問だよ。ホントに、どうして昔のお母さんたちが子どもをおぶって畑に出たのかわかる気がする。いっそ畑に出て、子どもをぽんと投げおいて働いた方がましだよ。しかも夫って奴は……」

突然口をぎゅっと閉じると、彼女はビールを一気飲みした。

「言ってもしょうがない。あまりにもよくある話で言いたくもないし」

そして、訳もなく崩れるようにキャッキャと笑った。ダビンは面白い話をしたいと言って、ワーホリ（ワーキングホリデー）の話や、大学時代にバイト先で出会った変態男の話、始まったばかりのオーディション番組に軽い気持ちで出て、第一ラウンドの生放送まで行った話をからからと笑いながら回想した。そういえばあの頃、ダビンの髪は虹色だった。それから何年も経っていないのに、まったく違う時代の話をしているようだった。

「でもダビンは昔と全然変わらないよ。身分証の確認もされるくらいだし。誰があんたに子どもがいると思う？」

私は、彼女の眼の下の濃い影に気づかないふりをして言った。ダビンがいやいやと首を横に振った。

「私はあの頃とはまったく別人だよ。もちろん、子どもがいて、家庭があって人から見ればまあ幸せなのかも。でも、どう変わったかというと、まずすごく保守的な人間になった。子どもの安全が最優先で、自分の家族の暮らしが何より大事。些細なことで区役所に請願したり、警察に通報の電話をしたりするんだから。そうねえ、子どもを寝かしつけなきゃいけないのに、外で高校生たちが大声で歌を歌っているみたいな理由で。そんなことはほんの数年前、まさに自分がやってたことなのにね……ねえジヘ、人がいつどうやって保守化するかわかる？　はっきりした自分の財産ができた時だよ。絶対奪われたり、侵害されたりしては困るもの、家とかお金とか家族だけの大事な宝物ができた時。私にとっては、それが子どもなの。そういうものができたらね、この世の中が急にひどく危険な場所に見えてくるのよ。鼻で笑って強がっていた空元気(から)は全部どこかに消えてしまって、交通事故、戦争、サイコパス、環境ホルモン、ＰＭ２・５、そんなことばっかり考えるようになるの。そして、私は家の外のあらゆるものから家族と財産を守る闘士になるのよ。そうしてるうちに、だんだん保守化していくの。自分と違う世界にいる人を理解するのが難しくなるの。がっちり腕組みをして、かかってくるなら来てみろ、一発お見舞いしてやるぞ、このマインドよ。なんでこんなふうになったんだろう……私だってまだ若いはずなのに。ワーホリに行ってワームホール（二つの離れた時空を結びつけるトンネルのような抜け道）に落ちたと思ってたけど、今はブラックホールよ」

体を支えていることもできなそうだったダビンが、いきなりむっくりと体を起こした。

「いい加減遊んだから、私帰る」

「もう？　朝までかと思ったのに」

「早く帰って寝なきゃ。英幼の準備で忙しいんだ」

「英幼って何？」

「英語幼稚園。レベルテストがあって、勉強させなきゃいけないの」

「勉強？　それが五歳の子に使う言葉なの？」

「クラスに入るにはレベルテストを受けなきゃいけないのよ。それに通らなかったら劣組（ヨルバン）に入るの。仏様の涅槃（ヨルバン）じゃなくて、優劣の劣の組よ！」

　私が知っているダビンは、既成の制度に反対し、子どもは絶対塾に行かせないと言い、韓国の社会、文化、政治や世の中の風潮に強い反感を持つ典型的な二十代だった。スドメも礼物も全部やらなかったダビン。虚栄だと、式も挙げないと言っていたのを、両親が反対していると顔をしかめていたダビンが、なんでまた英幼だレベルテストだなんて言うのか。

「言ったでしょ、保守的になるって。それに塾に行かせないとどうしようもないの。必ずしも勉強のためだけじゃないの、母親が休むためには子どもを塾に行かせなきゃならないのよ。それに、私にとって唯一のコミュニケーションの場は地域のお母さんコミュニティーなんだけど、そこに出入りしながら、自分だけ一人、我が道を行くのはそう簡単なことじゃない。一人で目立つと、ママ友たちの間で変わってると仲間外れにされることを覚悟しなきゃならないの。ママ友のいじめがどれだけ巧妙で陰湿で怖いか知らないでしょ？　それが私だけだったら構わないけど、子どもの友だち関係、ひいては幼稚園、学校生活にまで影響するんだよ。あんた、こんなのは作り話で、ドラマかドキュメンタリーに出てくるような話だと思うでしょ。知らない人が聞いたら韓国はおかしくなったと言うだろうけど、でもその中で毎日を過ごしていると、そんなに珍しいことでもないんだよ」

言葉がなかった。まだ私の知らない世界だ。あまり知りたくもないけれど、自分はそうならないと言えるだろうか。断言できなかった。

「千四百万ウォンかけてワーホリに行ったよ。英語のために。でもね、英幼に通う近所のちびっ子たちの前で一言も出てこなかった。うちの子だけはホントに、少なくとも英語で苦労させたくないの。ドローンだ、アルファ碁だ、未来社会だとか言って騒いでるけど、将来どうなるかはわからないじゃない。私にできることって何がある？　目の前にある英幼にでも入れとかなきゃ」

ダビンが私の視線を感じたのか、話を止めてこう言った。

「ジヘは時間があっていいな。自分のことだけを考える時間」

いいなという言葉は、むやみに使うものではない。あんたは子どももいて、家もあって、お金を稼いでくれる夫もいるじゃない。自分のことだけを考える時間がどれだけつらいか、寂しくて怖いか知っているの？　とは言えない。言ったところで意味がないから。友だちと少しずつ話題が合わなくなって、それが段々離れていき、遂には互いに交わることのない平行線を走るようになる。いつかはダビンともそうなるかもしれないと思うと、心が少し重かった。ただその時ができるだけ遅く来ることを願うしかなかった。

別れる前にダビンが一言つぶやいた。

「これは言わないでおこうかと思ってたんだけど、戻ってきたよ、ヒョノ」

その夜、いろいろ考えて遅くまで寝返りを打っていた。忘れようとしても忘れられない二音節が、頭の中をぐるぐる回った。ヒョノ。その名前を消しながら、ようやくうとうとしたのは明け方になってからだった。

*

ナムンおじさんの家はアカデミーから遠くない路地にあった。怪しげな飲み屋が並ぶ路地の角を曲がると、三、四階建てのアパートが並んでいる。濃い化粧をしてガムをくちゃくちゃ噛んでいる女性や酔客があちこちに目につく。子どもを育てるのに適した環境ではなさそうだった。

ベルを押すと、おじさんがランニング姿で迎えてくれた。家は狭くて、家財道具もあまりない。壁と床の色は半分焦げついたおこげを連想させた。しかし、煤けたような見た目とは違って、狭苦しいリビングには香ばしい食べ物の匂いが強烈に漂っていた。テーブルには生春巻きと肉料理がきれいに並べられている。私は棚いっぱいに並んだ本を見ながら食卓についた。ほとんどが思春期の子どもの接し方に関するハウツー本だった。

「料理の腕、相当なものですね」

先に席に着いて食べ始めていたムインが、口をもぐもぐさせながら言った。

「環境ホルモンがあふれている世の中で、子どもを育てるにはこうするしかないんだ。しかも二日と空けずに、食べ物にいたずらしたとか、客の食べ残しを使い回しているとかいうような記事が出るから、安心できるものを作らないとね。ほかのものはともかく、子どものご飯だけは僕が作るんだよ。そうやっているうちに、僕の体も肥大しちゃったけどね」

ナムンおじさんがぽっこり膨らんだお腹を恥ずかしそうに撫でた。現在、彼はイベント会社で働いている。クリスマスにはサンタになり、子どもたちの誕生日会にはピエロの扮装をしたりして、保育園や幼稚園にレクリエーション活動をしに行くそうだ。一見怖そうに見えても、子どもたちにはかなり人気があるという。

「大事にしまっておくのはもったいない才能ですね。娘さんに食べさせるだけじゃなく、料理ブログでもやってみたらどうですか。目新しいメニューと写真さえちゃんと撮れば、後でレシピを集めて本を出すこともできると思いますよ」

ギュオクがククス（韓国の麺料理）をずずっとすすりながら称賛した。

「面倒くさいよ。ブログをするには文才もいるし、写真もいちいち撮らなきゃならないじゃないか」

ナムンおじさんはぶつぶつ言いながら、箸でククスをつまんでゆっくり口に入れた。そしてポツリと付け加えた。

「正直言うと、やってることがあるにはあるんだけどさ、それはちょっと明かしづらいことだから……」

その後しばらく、その「明かしづらいこと」の正体を知るための押し問答が続いたが、おじさんは秘密を明かすことを頑（かたく）なに拒否した。みんなの体に適度にアルコールが回り、その「明かしづらいこと」について忘れてしまった頃、ナムンおじさんが話したくてたまらないという表情で聞いてきた。

「まだ知りたい？」

彼はすでに冷めた反応をものともせず、私たちをパソコンの前に集めて、座らせた。

「まあ、あんまり悪く受け取らないでくれよ。これも一つの仕事だから。ああ、一緒には見れないな。僕は後ろに下がってるよ。主演俳優がスクリーンで自分の顔を見るのってこんな気分かな……」

私たちは餌の前に集まったひよこの群れのように、画面の前に顔を突き出した。モニターの中では妙なことが繰り広げられていた。ナムンおじさんがスパゲティを食べている。つるつると一皿食べ終わると、今度はコカコーラの一・五リットルのボトルを一気に飲み干した。そして横に置かれた鶏の丸焼きにかぶりつく。すべては無言のうちに進行した。

「これは……何ですか？」

ナムンおじさんが頭を搔いた。それは、話には聞いていたオンラインモッパン（飲食をする様子を配信するネット上の動画コンテンツ）[27]だった。リアルタイムで中継され、見る人が気が向いたらサイバーマネーや星風船をくれるモッパン。おじさんは、数多いモッパンの中で自分の人気は中の上くらいだと、ちょっと得意げに言った。

「いったいどうしてこんなことをしてるんですか？」

呆気にとられて尋ねた。

「寂しいから」

ナムンおじさんが予想していた質問だというように、むしろ堂々と言った。

「僕は誰かと一緒に食事する機会がそんなにないでしょ。でも、こうすれば誰かが僕のことを見てくれているという気もするし、横のチャットウィンドウにコメントもリアルタイムで上がってくる。たまに痩せろとかいう悪口も混じっているけど、応援してくれる書き込みも多いんだよ。一生懸命生きる姿を見せてくれてありがとうって……そんな言葉が力になるんだ」

ナムンおじさんは、これまでの中でも一番人気があったやつを見せてあげようと言って、しばらくフォルダを探していた。やっと見つけた映像を流すと、彼が自分で料理をする場面が再生された。

「子どもが小さかった頃を思い出してやってみたんだ。実はこの映像をアップした頃が全盛期だった」

彼は離乳食を作っていた。ブロッコリー、ほうれん草などを入れ、牛ばらのひき肉を加えて煮込んだ離乳食。それを大量に食べる。頭には赤ちゃん用の帽子までかぶってリボンをつけて頰を赤く塗って、ひとことで言うと赤ちゃんの扮装をして。その姿で彼は食べて、食べて、また食べた。

「ああ、くそっ……こういうのホントに見てられない」

ムインが思わず口汚い言葉を吐いて、慌てて申し訳ないと謝った。ナムンおじさんはきまりが悪かったのか、急いで画面を消した。

「赤ちゃんの父親だって言うと、みんな同情してくれるんだよ」

「本当に美味しいから食べてるんですか?」

「いや、言っただろ。寂しいからだって」

ナムンおじさんの話す声が、潜り込んでいくように小さくなった。

「女房がいたらやらなかったよ。そもそも女房とのビデオ通話から始まったものなんだ。時差のせいで結局だんだんやらなくなったけど、最初は一緒にご飯を食べてる気分になるように、食事のたびにビデオ通話をしてたんだ。でも、女房が利(き)いたふうなことを言うんだよ。話があるなら食べながらじゃなくてちゃんと話そうよ。僕が何を食おうが、出すものさえちゃんと出していればどうでもいいって言うんだ。化粧をするより落とす方が大事だっていうけど、食べるより出す方が大事だとでも言うのか。畜生、反論できないじゃないか。ところが、思い付きでインターネットにアップしてみたら人気が出たんだ。美味しそうとか、またアップしてほしいとか言ってもらえるし。それにときどきはサイバーマネーも入るから、小遣いも稼げて……」

ちょっと黙って考え込んでいたナムンおじさんが、沈鬱(ちんうつ)な顔でぼそぼそと話を切り出した。

「こんなことを始めたのはいろんな理由があるけど、誰かのせいだとすれば、あいつのせいが大きいのかもしれない」

彼の声が一段と小さくなった。

「屋台をやってたんだ。作ってたのはトッポッキ。今でこそトッポッキのチェーン店もいろいろあって、ビュッフェ式トッポッキ店まで登場したけど、屋台で食べるものだったトッポッキにチェーン店ができてから十年も経っていない。まだ屋台をやってた頃、僕はソースの味を作るために丸一年、餅（もち）とコチュジャンばかり食べてたよ。そしてついに、僕が本当に満足のいく味が完成した。そんなある日、男が訪ねてきたんだ。自分と共同事業をしてみる気はないかって言うんだよ。店を持っていると言う。それで共同で事業を始めたんだ。最初は楽しかったし、生まれてはじめて金を思う存分触ったよ。ところが、そいつはソースの味をそっくりそのまま盗んで、他所（よそ）にチェーン店を出したんだ。それが誰だかわかるか？　こいつだ」

　おじさんは、古い雑誌を一冊取り出してぽんと投げた。十年ほど前の料理雑誌だった。表紙には今よりスリムなおじさんが、にこやかに誰かと肩を組んでいた。

「これは……ハン・ヨンチョルじゃないですか」

　ムインが叫んだ。

　ハン・ヨンチョルを知らない人などいるだろうか。九〇年代の青春ドラマ出身のイケメン俳優。料理界のレジェンド。あちこちの料理番組に出て顔を売った後、親から譲り受けた莫大な資金でチェーンのトッポッキ店を立ち上げ、商店街の昔ながらの店から客を奪っていったトレンド商売人。その彼が雑誌の表紙にナムンおじさんと載っている。

「本当に、丸一年かかった。そのソースの味を作るのに。舌がひりひりして体じゅうに餅のように肉がつくまで、毎日トッポッキばかり食べたよ。そうやってやっと作った味だったんだ」
ナムンおじさんが何度も繰り返した。おじさんの話によると、ハン・ヨンチョルは共同事業という名目で彼に詐欺を働いた。共同事業のはずだったのに、言われるままにすべての名義をハン・ヨンチョルにしたのが失敗だった。結局、おじさんは自分が作ったソースの味に対して、ロイヤリティを支払わなければならない羽目になった。騙されたとわかったおじさんは、彼の悪辣なやり口をテレビ局に垂れ込んだり、一人デモをしたりしたが、何の意味もなかった。結局おじさんは事業から手を引き、その後ハン・ヨンチョルが独自に作ったCトッポッキというチェーン店が誕生した。どこにもおじさんの存在と努力を認めさせる方法はなかった。

モノローグは終わった。彼の目には涙が溜まっていた。よほど演技のうまい人でないと、とても出せないリアリティのある涙が。床を突き刺すように押していたおじさんの指先が白くなっていた。ギュオクが低い声で聞いた。

「でも、どうして黙ってるんですか?」

彼の声に込められた気迫が私にまで伝わってきた。

「なぜ黙ってるのかって？　知りもしないでめったなこと言うな。テレビ局にも訴えたし、一人デモもした。弁護士にも相談したよ。でも、何も変わらなかった。やれるだけのことはやったんだ！」

ナムンおじさんの声が大きくなった。

ハン・ヨンチョルは前回の総選挙で、保守党A党の国会議員として政治の世界に足を踏み入れた。ハン・ヨンチョル以外にも、芸能人出身の顔マダム[28]国会議員が刷新という名のもとに何議席かを占めていた。

「毎晩眠れなかったよ。面と向かってこの野郎って叫べなかったのが悔しくて。そうやって叫べていたら、これほど悔しくはなかっただろうし、後悔も残っていなかったはずだ。一瞬たりとも忘れたことがないんだ。すっかり自暴自棄になっちゃいましたよ」

「だったら、今からでも叫んでやったらいいんですよ」

何でもないことのようにギュオクが言った。

「自暴自棄だなんて。そんなふうに投げやりになって、自分を粗末に扱ってはいけません。ハン・ヨンチョルは、おじさんにだけそんな詐欺まがいなことをしたわけじゃないだろうと思います。彼は食べ物で人心を惑わし、テレビに出演して韓国人の味覚をリードしました。でもそれで人々は幸せになり、満腹になったでしょうか？　いや、彼がやったのは、自分が得た名声を元に政界に進出したことだけです。金にものを言わせて地元の商圏を食いつぶし、他人の努力の成果を横取りして、今では国から給料をもらって国会で居眠りしています。個人的な腹いせをしようと言ってるのではありません。一番効果的な方法とタイミングを選んで、彼が受けて当然の心理的圧迫を味わわせるんです。もちろん、法の網の綱渡りになりますが。私たちの行動は、ハン・ヨンチョルやその同類に対する警告であり、一罰百戒の意味が込められているんです。彼も光栄に思うべきですよ。大勢のそんな奴らの中から……」

そこまで言って、ギュオクは前に置かれたコーンチップの袋に手を入れた。そして、手をごそごそやって一つ取り出した。

「運良く一人選ばれたわけですから」

その言葉を最後に、ギュオクは残りのコーンチップを全部口に入れてもぐもぐし始めた。何かを象徴するかのように、彼の咀嚼(そしゃく)行為によってお菓子が粉々に砕ける音が、ひときわ大きく空気を切り裂いた。

数日後、ナムンおじさんのモッパンをもう一度再生してみた。それを見るためには、少し面倒な手続きを踏まなければならなかった。サイトに会員登録して、私も一人で食べるのが好きです、なんて加入の挨拶を書いて、承認が下りるまで二日ほど待った。ようやく加入できて入ってみたサイトは、種々雑多な映像でにぎわっていた。見方を変えれば、荒廃を極めていたとも言えるが。ナムンおじさんのＩＤを知らなかったため、私は手当たり次第にアップされた映像に目を通し始めた。年齢も職業もさまざまな人たちが、食べて、食べて、また食べた。制服姿の男子学生もいたし、一〇〇キロは超えていそうな自称ベジタリアンの女性が、大豆何粒かとアスパラガスとバナナだけを食べる映像もあった。ヘルストレーナーだという男性の「模範解答に近い筋肉作りの献立」モッパン、ジャージャー麺や食パンや生クリームケーキなど、何か一つのものだけを食べ続けるワンフード映像など……そんな映像を見ていると、心の片隅が何とも言えず侘しくなっていくような気がした。やめようかと思ったその時、ナムンおじさんの映像を見つけた。彼のニックネームは、単純ながらもどこか心の琴線に触れた。ディアダディ。

見始めてすぐにこみ上げてきた目を背けたくなる気持ちを何とか抑えて、彼がアップした一連の映像を黙って見続けた。彼はいろんな物を食べた。いちいち名前を挙げるまでもない、私たちがよく知っている食べ物。誰かが自分を見守ってくれることを願うようにときどきカメラを見つめながら、時には歌を歌ったり、時にはリアルタイムのコメントを紹介しながら、ナムンおじさんは食べ続けた。

今まで考えたこともない疑問が次から次へ浮かんできた。食べる姿を撮って知らない人たちに見せるなんてことを、いったい誰が最初に考えたのか。自分がご飯を食べるという行為まで、誰かに確認してもらわないといけないものなのか。排泄する姿は隠すのに、食べる行為はなぜそんなに見せたがるのか。それを見る人たちは、どんな心理なのだろうか。食べていくためにという言葉は、なぜそれほどしょっちゅう使われる決まり文句になっているんだろう。食べるために生きるのか、生きるために食べるのか……頬の上を熱いものが流れているのに気付いて、私は慌ててウィンドウを閉じた。こういうのは好きじゃない。人に何もしてあげられないのに流れる涙。上気した頬をティッシュではたいて水気をとった。

ハン・ヨンチョルのホームページに入る。文字通り「よくある国会議員のホームページ」だった。自分の偉さを誇示する履歴と数々の業績。いかにも気さくな人であるかのように、庶民たちと一緒に撮ったたくさんのイベントの写真。しかし、彼はもっともらしい表情の裏で、人の労苦を平気で横取りし、一方で、手にした特権はのうのうと享受していた。モニターの中でにっこり笑っておでんを食べる彼の顔を見ていると、なぜか悲しくなってきた。けれど、私はすぐ気を引き締めた。悲しむべきことと怒るべきことはきちんと区別しなければならない。一つ明らかなこと、これは悲しむべきことではなく、怒るべきことだった。

10　最初の反撃

数日後、私たちはハン・ヨンチョルの選挙区にある在来市場[29]の食堂で、熱々のククスを食べていた。一時は大勢の人でごった返していた名所だったそうだが、向かいに大型スーパーができて、市場は急速に衰退していった。ハン・ヨンチョルが国会議員になれたのは、飲食業者出身という経歴をもとに、この地域の在来市場を活性化するという公約のおかげだった。しかし、何も変わらなかった。閑散とした商店街に、とりわけ美味しいと評判の店だけがかろうじて生き残っている姿は寂しいものだ。

私たちが選んだのはカルグクス（韓国風手打ちうどん）だった。カタクチイワシのスープと美味しそうな薬味がのったたっぷりの麺、少し固めで、時間が経っても伸びない麺のコシがポイントだ。そこはかとなく感じる人情味のせいか、おばさんが器をぞんざいに投げるようによこしても、不思議と不快にならない。一人前は食べたと思ったのに、まだやっと半分がなくなっただけ。一息つこうと顔を上げると、目の前でゲラゲラ笑う声がする。

「僕もときどきメガネをかけるからわかるけど、本当にアラレちゃんみたいですね。『Dr.スランプ』に出てくる」

ギュオクは何がそんなにおかしいのか、腕を組んだまま笑った。私は返事の代わりに再びククスに顔を埋めた。私がどうやってもできないことの一つは、ククスを食べながらテレビを見ることだ。メガネをかけると湯気で曇るし、メガネを外すと画面がぼやける。コンタクトレンズかレーシック手術なしには解決できそうもない、ずっと抱え続けてきた悩みだ。

ククスを食べ終わるとすぐに、私たちは全員で額を寄せ合ってその日の計画と段取りを復習した。ホームページで確認した日程によると、午後四時ごろ、ハン議員が市場を回るはずだ。選挙区巡回のための定期的な外出だ。市場の商人たちにとって、彼はあまり人気のある議員ではなかった。市場を活性化するという公約は口先だけで、市場の向かい側の大型スーパーだけがますます繁盛していた。しかし商人たちの厳しい視線など、彼にはそれほど気になることでもないのだろう。市場を一周して、商人たちと撮った地元回りの写真を広報資料に載せればそれで終わりなのだから。

入手した情報によると、ハン・ヨンチョルはお付きの人を六、七人ほど従え市場をまっすぐ入ってきて、一番写真映えのする伝統韓菓子店前でポーズをとる。前もって秘書が立ち寄り店のおばさんに頼んだというから確かな情報だ。計画はこうだった。ハン・ヨンチョルが店先に到着したら、私が彼に近づいて声をかける。彼が振り向いた瞬間、ナムンおじさんとムインが卵を投げつけ、それと同時にギュオクが記念写真を撮るのだ。

最大限普通のちゃんとした女性に見えるように、私はそれなりに変装をした。とは言っても、薄化粧をして平凡な勤め人に見えるように身なりを整えただけだが、私の顔を見慣れた人でもそう簡単には気づかないだろう。顔に慌ただしくファンデーションをはたいていると、ムインがナムンおじさんと言い争いを始めた。おじさんが急に、やっぱりできないと尻込みしだしたのだ。

「いや、今更そんなこと言われても、どうしたらいいんですか、俺は今日、このために執筆も休んで来たんですよ。スランプから抜け出したばかりの作家の一日分の作業を無駄にしたことが、どれだけの損害かわかりませんか？」

ムインが食ってかかったが、すっかり気持ちが折れてしまったらしいナムンおじさんはぐずぐず言った。

「いくら考えても、自信がない。僕が捕まって、ジユルが困ることになったらどうするんだ。僕は〝明白な怨恨関係〟にあるから、重罪になっちゃうかもしれない。僕がいなくなれば、ジユルは孤児同然だよ」

「ハン・ヨンチョルも国会議員という体面があるから、これしきのことで告訴したりはしませんよ」

ムインとナムンおじさんの堂々巡りの言い争いが続く間、ギュオクはずっと沈黙したままだった。食堂のおばさんは、出ていこうともせずにカフェの客みたいに居座っている私たちを睨みだした。ついにギュオクが口を開いた。

「できないなら、やめてください」

冷淡な言い方とは裏腹に、ギュオクは、ナムンおじさんの気持ちを思い遣(や)るように微笑を浮かべていた。きっぱりとした口調に優しい表情。全体的にクールな雰囲気になった。

「今日やろうとしていることがどんな結果をもたらすかは誰にもわかりません。確かなことが一つあるとすれば、その結果はそっくりそのままおじさんのものになるということです。ずっと今と変わらない人生を送りながら、誰が見てくれるのかもわからないモッパンでサイバーマネーを稼ぐ生活に満足していると言うなら、僕たちみんな今すぐ家に帰ればいいんです。時折悔しい気持ちになっても、不満は心の中で叫べばいいんですよ」

厳しい言葉を吐くギュオクに、誰も何も言えなかった。再び結論を下したのはナムンおじさんだった。

「やるよ。そう、その通りだ」

彼は最後の晩餐(ばんさん)の代金を払うかのように、一万ウォン札を二枚、カウンターに豪快にばんと音を立てて置き、真っ先に店を出た。

私たちは、韓菓子店の近くの角にそれぞれ隠れて主人公の登場を待った。遠くからざわめきとともに、ハン議員と彼の側近たちが現れた。議員が周囲の商人たち一人ひとりと握手をしている。私の手に汗がにじむ。彼は一定の速度でもうすぐ始まる事件の方に歩いてきた。ちょっと予定外だったのは、市場のおばさんの一人がハン・ヨンチョルが差し出した手に応(こた)えず、約束した在来市場の活性化はいったいどうするのかと詰め寄って、彼の足取りが遅れたことくらいだった。周りの側近たちがおばさんを何とかなだめ、ハン・ヨンチョルは引きつった顔を無理やり元に戻して、予定通りの巡礼路に沿って再び足を運び始めた。ついに韓菓子店の前に彼が立った。

近くで見ると、ハン・ヨンチョルは背が低く、顔は脂ぎっていた。背筋を伸ばして歩こうと努力しているようだったが、背中は年齢相応に丸くなり、顔にはしみが広がり始めた、よくいる六十代前半の男に過ぎなかった。それらしく見えるスーツとその上に付けた金バッジがなかったら、彼に特別なところを見つけるのは難しかった。周囲を圧倒するオーラはこれっぽっちもない人だった。

彼が韓菓子店の前で立ち止まり、店主のおばさんに挨拶と激励の言葉をかけた。今だ。ギュオクが私の背中をそっと押した。重さのかかった手だった。その重さを動力に人波をかき分け、私は瞬く間にハン議員の前に立った。

「先生のファンです。ぜひ差し上げたかったんです。よろしかったら一口召し上がってください」

小さな声でそう言って、微笑みながらさっと飴を渡した。こう見えても高価な品だ。韓菓子店から事前に買っておいた最高級の手作り飴。議員が戸惑ったように笑顔を作って、仕方なく飴を一かけ頬張った瞬間、誰かが声を上げた。

「先生、いい場面なので写真を一枚撮らせてください、こちらです」

ギュオクの声だった。その隙を狙って私は人だかりからさっと抜け出した。私の任務はこれでおしまい。議員がギュオクの方に振り向いて大きく笑ってみせた。その時、彼の頭に卵が命中した。一つ、二つ、三つ。春の日のレンギョウの花のように真っ黄色の液体が髪の毛を伝って流れ落ち、事態が把握できていないハン・ヨンチョルは、相変わらず飴を口にしたまま明るい笑みを浮かべていた。

「おめでとうございます。飴を召し上がりましたね！30 卵はサービスです」

ムインの声だ。続いて、カシャカシャカシャカシャカシャ。稲妻のようにフラッシュが光り、シャッターがまるで機関銃のような音を立て、遠くからナムンおじさんの断末魔のような叫び声が続いた。

「人のレシピを横取りするお前のような詐欺師には、卵ももったいない。この鬱陵島のカボチャ飴にも劣る奴め！」

＊

「有精卵だったよ。スーパーにそれしか残ってなかったんだ。ひよことして生まれていたかもしれないのに、ハン・ヨンチョルの服をおじゃんにするために使われたなんて気の毒なことしたな」

ナムンおじさんがもの悲しそうに言った。

「いやいや、鶏として生まれていたとしても、A４用紙ほどの広さしかない鶏舎で育って、結局はつぶされていたはずですから。そしてこうなっていたでしょう」

ムインが慰めているのか戯けているのかよくわからない言葉を吐きながら、手にした鶏ももをかじった。四本の缶ビールが、空中で鈍い音をたてて何度もぶつかった。

打ち上げの場所はムインの家だった。作家志望者の部屋らしく、小説と映画関連の本が本棚いっぱいに積み重なっていた。ナムンおじさんは、手に持ったケータイに三十秒に一度は目をやりながらくっくっと笑っていた。画面いっぱいに写っていたのは、頭から胸まで黄色に染まって飴を舐めているハン・ヨンチョルの写真だった。にっこり笑っている上に、偶然にもとても平安で幸せそうな表情だったし、午後の日差しが作り出したコントラストによって、出来の良いコメディ映画のポスターのようにも見えた。その写真を公開したり、どこかにアップするつもりはなかった。それは文字通り、私たちがやった行動の記念写真に過ぎなかった。

「あいつを悪い奴だと思ってたのは僕だけじゃなかったようだ。あの時、市場のおばさんが言った言葉を聞いただろ。もっと投げろ、と叫んでたよ」

「よく命中しましたね。俺は三つ投げて一つも当たらなかったけど、おじさんは全部当てたね」

ムインの賞賛に、ナムンおじさんが得意げに言った。

「こう見えて、子どもの頃の夢は野球選手だったんだ。国民学校の頃ね」

ナムンおじさんは自分の自慢話を何度も披露し、いつのまにか、聞いたことも見たこともないことが少しずつ加わっていた。

「やっぱり。そうじゃないかと思いました。ホントにカッコよかったです！」

ムインが、グラフィティの時の主役の座を今度はおじさんに譲るかのように、精一杯褒めちぎった。

「ありがとう、君たちと一緒じゃなかったらできなかったよ……」

ナムンおじさんは額にかいた汗をそっとぬぐった。彼の娘は知らないだろうが、今日だけは彼女の父親はスーパーマンになった。そう言って褒めてあげたかった。

「でも僕、本当に捕まったりしないよね？」

ナムンおじさんが弱音を吐いた。その言葉だけでもう二十回以上は言っている。

「捕まらないとは限らないですよ。手錠をかけられる覚悟はしておかないと」

ギュオクが、へへへと笑いながら言った。


案の定、「八時のニュース」が始まる頃には、みんなかなりそわそわしていた。私も表向きは平気なふりをしていたが、私の後ろ姿が写真に撮られて報道されるのではないかと心配と不安で胸がどきどきした。しかしこの忙しい世の中で、在来市場での騒動みたいなものは、ニュースになるにはあまりにも小さな出来事だった。ニュースでは、もっと凶悪で恐ろしくて惨(むご)いことが報道されていた。その後もしばらくニュースチャンネルをあちこち探してみたが、誰も騒いでいないとわかって、私たちは歓声を上げ、ムインの一人暮らしの部屋は笑い声と乾杯の声でいっぱいになった。一つだけ、私たちを見たという書き込みが、誰かのツイッターにあった。

うわっ！　市場でどっかのおじさんがハン・ヨンチョルに卵を投げた。ニュースに出るかな？

添付された写真などはなかった。フォロワーがあまりいない人なのか、リツイートもされていなかった。しかし、それで十分だった。ナムンおじさんはチキン屋に電話をかけて、タッカンマリ（鶏を一羽丸ごと煮込んだ鍋料理）とビールを追加注文した。

数日間は緊張していたが、ハン議員は初めから私たちを見つけ出すつもりはないようだった。わざわざそんなことをするには、私たちがしたことは軽いいたずらのレベルだったから。ナムンおじさんは、ギュオクが撮った写真をケータイの壁紙に設定した。

「一人で見るのはもったいないけど、ほかの人に見せられないなら、自分でしょっちゅう見るしかないよ。他人が飴を食べてる写真を見るのも面白いね。しばらくモッパンは休まなきゃな」

はらはらしたけれど、良かった。そして面白かった。その時まではそうだった。私の心に、別の考えが浮かぶまでは。

11　正反対の命題

「最近何してるの、姉さん？」

ジファンが大きなかばんを持って私の家に来た最初の夜、夕食を食べる手を止めて聞いてきた。

「何してるって？　食べて、働いて、もっと良い仕事を探して必死で過ごしてるよ。お母さんとお父さんに、私が半地下の部屋に住んでること絶対言わないでよ」

怒ったように目尻を上げて、釘を刺した。

「わかったよ。僕は、また勉強でもしてるのかと思って聞いたんだ。そうじゃないならいいんだ」

ジファンは口をもぐもぐさせながら、床に無造作に積まれた何冊かの本を指さした。アカデミーから借りてきた人文学の本だった。

「講義資料を準備するのに必要なの。それに、何であれ、何かをやろうと思えば人文学を知ってなきゃならないし」

「そういうもんかね」

ジファンがご飯をもぐもぐしながら鼻で笑った。小ばかにしたような表情はやめろとひとこと言おうと思ったが、言葉を呑み込んだ。どうせ二週間だけ辛抱すればいいんだから、しょっぱなから喧嘩をしたくはなかった。突然、ジファンがスプーンを味噌チゲにぶすりと突き刺した。

「姉さんはいまだに僕がものを知らないとでも思ってるの？　人文学だの何だの、ホントにむかつく」

「私そんなこと言ってないわよ」

私は静かに言った。ジファンはとてもいい子だった。こういうときを除けば。

ジファンは大学に行かなかった。自分で決めたことだったし、誰も止めなかった。工業高校を卒業して専攻を活かして自動車整備会社で働き、営業社員に転じた。実績もなかなかのもので稼ぎも良く、自分なりの人生設計も持っていた。お金を貯めなければならないと言って、ソウル暮らしをやめて原州(ウォンジュ)に引っ越したのもそのためだった。ジファンは、いろんな面で私よりしっかりしていたし、すでに私よりずっと成功した人生を送っていた。ジファンは頭が良くて、自分のやりたいことがはっきりとわかっている今どき珍しい若者の一人だった。それでも彼は時折、誰も刺激しないのに劣等感を爆発させることがあった。今がその状況だ。

「確かに僕は、人文学って何なのかも知らない。最近やけに流行ってるようだけど、偉そうに人の鼻っ柱をへし折るのにちょうどいいんだろうね。でもさ、知ってる？　人文系を出た人の八〇%が遊んでるんだって。つまり、まったく社会の役に立たない人間になるってことだよ。姉さんみたいにね」

「ちょっと！」

自然と拳を握っていた。

「あ、ごめんごめん。でも僕たち認めるべきことは認めなきゃ。ソウルに来るバスの中で本でも読もうと思ってターミナルの本屋に立ち寄ったら、人文学の本がそこらじゅうにあったよ。暇だったからちょっとめくってみたけど、まったく理解できなかった。姉さんが働いているところでも人文学講座は多いんだろ？」

「そうね。私の仕事に関心を持ってくれてありがとう」

「僕はそんなのはすべてカッコつけに見える。テレビや文化講座ではホットに見えても、実際には人文学部の卒業生はどこにも歓迎してもらえないじゃない。来る日も来る日もニュースでやってるの見てないの？　大学生は、高い授業料を払ってるのに図書館で本も借りないそうじゃないか。みんなスペックやら何やら積むために、受験参考書なんかを一生懸命勉強してるって。それなのに世の中ではどうしてそんなに人文学がもてはやされてるんだ？」

ジファンの言葉は、大抵は正しかった。その言葉の裏にある、ひねくれた劣等感が爆発することさえなかったらいいのに。私は優しく対応しようと努めた。

「若いうちに勉強できなかったから、今になって、人文学講座でも受けようとしてるんじゃないかな」

「いや」

ジファンが自信ありげに言った。

「僕に言わせればすべて見栄だよ。それもある程度、お金と余裕が必要な見栄。死に物狂いで資格を取ったり英語の点数を上げたって、いざ会社に入れば、仕事って人と人がするものだよ。屋台で物を売ること一つとっても、プレートをどう組んでどんな物を陳列し、誰に売ればうまくいくのかを知っておかなきゃならない。人を知らなきゃならない。人を知って世の中を見ることができなきゃだめなんだ。でも自己啓発書にはそんなことは書いてないし、自分をすごい奴に見せたいと思ってあれこれ探すと、結局、人間に関する学問だという人文学に行きつくってことじゃないの。僕は、それなんかスティーブ・ジョブズが僕らにもたらした弊害じゃないかと思う。確かにジョブズは機械を人間に近づけようとして、実際ある程度成功した。彼は人を知り、世の中を見ることができたんだと思う。でも今の韓国で彼と同じことなんかできっこないよ。それなのに、何か流行るとみんな飛びつくのだけはうまいから、現実には歓迎されていない人文学、っていうかその切れ端が、本とか文化講座でもてはやされてるんじゃないの？」

「それは一理あるかもね」

その後ろに隠された言葉まで聞きたくなければ、とりあえず引き下がらなければならない。しかし、ジファンはついに「本論」を結論のように持ち出してきた。

「僕が言いたいのはつまりこういうことだよ。母さんと父さんの代わりだからちゃんと聞いてよ。姉さんがどんな目標を持ってるのか知らないけど、もう少し謙虚に現実を見てみることだよ。それが、営業マンとしてそこそこ成功した僕にできるアドバイスだよ。どう？　人文学の〝じ〟の字も知らないけど、これなら姉さんにも役に立つんじゃない？」

ジファンがさっき突き刺したスプーンで豆腐をすくった。反論したかったけれど、どこから話を切り出したらいいかわからなかった。体を締め付けるように息苦しさが押し寄せてきたが、その理由が何なのかさえよくわからなかった。ジファンが私の顔色をうかがって適当に話題を変えた。

「ビタミンCある？　手術前から飲んでおくといいんだって」

私はどこかにあるビタミンを見つけるために、ヒステリックに引き出しを開けたり閉めたりした。ジファンがソウルに来たのはレーシック手術のためだった。

「姉さんもやってみたらいいよ。共同購入するとすごく安いんだ」

「レーシックにも共同購入があるの？」

「子犬も箱に穴を開ければ宅配で送れる時代に、レーシックの共同購入がないわけないだろ。韓国を甘く見てるね。とにかくレーシックも共同購入できるんだ。共同で死ぬことだって商売にしかねない国だからね」

ジファンは呆れたように言った。

「じゃあ、その共同購入した人たちと一緒に手術室に入るってこと？」

「違うよ。ただブローカーにお金を払いさえすれば、向こうで適当に頭数を揃えてくれる。だから安くなるんだよ。僕はどの医者が手術をするのかも知らない。手術室に入ったらコーディネーターと相談して、検査もコーディネーターが全部してくれるんだ。それから医者が入ってきて、手術をして出て行くんだよ。整形の共同購入もあるけど、それも同じようなものだってよ」

「そうは言っても目なのに大丈夫？」

「みんな最初はそう思うんだよ。でも、みんなやっててほとんど大丈夫じゃん。ほかの人たちもしてるんだから、何の問題もないよ。それに、こういうところで節約しておかないと」

そこまで聞いて、体を締め付ける息苦しさの正体がわかったような気がした。

「そんなに節約してどうするの？」

ジファンがびっくりしたように私を見つめた。

「どうって。金持ちになって、いい暮らしをするんだよ。昔は、金を貯めたら家を買って、車を買って、結婚して子どもを作って暮らそうと思ってたけど、結婚と子どもはいいや。金を貯めたら車買って家買って、旅行して趣味の生活をエンジョイして暮らすんだ。大金持ちになってさ」

私は、何とか見つけ出したビタミン剤をジファンの前に投げつけるように置いて、自分の部屋に入った。使用期限が過ぎてるという文句が背後から聞こえてきたが、部屋のドアをバタンと閉めてジファンとの話を終わりにした。なんであんな奴の面倒を二週間も見るって言ったんだろう。やっぱり。久しぶりに会った家族は、他人よりもっと馴染めなくて、厄介だ。大人になるまで一つ屋根の下で暮らしていたのが到底信じられなかった。

少しして形ばかりノックする音が聞こえ、返事もしないうちにジファンがドアを開けて入ってきた。そしていきなりドレッサーの上に置いてあったワックスのふたを開ける。何をするのと聞くと、レーシック共同購入の掲示板で知り合った女の子と稲妻（急なオフ会）をしに出かけるそうだ。私たちはどうしてこんなにも違うのだろうか。鏡に映ったジファンをじっと見つめた。エルヴィス・プレスリーにでもなったように、両手をぱっと広げたまま髪を撫で上げて、目を吊り上げる。私の心を読み取ったかのように、ジファンが声を強めて言った。

「僕たち、もともと全然似てなかったよね。それが、時間が経つにつれてさらに違ってきてる。

わかりやすい例をあげようか。僕はこのごろ女の子を見たらさ、その子の車が何なのか気になるんだ。前はブラジャーの中にパッドが入ってるかどうかが気になったけど、これも大人になったってことかな」

「ちょっと！　殴るよ」

枕を投げつけた。避けることもできたのに、ジファンは笑いながら喜んで私の枕に当たった。

「僕はいい暮らしがしたいんだよ、姉さん。どうしてだかわかる？　その方が楽なんだ。僕だけじゃなくて、みんなのためだよ。父さん、母さん、姉さんもそうだし、運がすごく良ければ、僕の妻になるかもしれない未来の恋人も含めてね」

「私のことはいいし、お金を稼ぐのもいいけど、未来の恋人だか奥さんだか知らないけど、あんたと一緒に時間を過ごす方が嬉しいと思うよ」

「姉さんはお金の味を知らないからだよ。大人になれよ」

今度はジファンが枕を投げ、私はかろうじて身をかわした。

ジファンにワーカホリックの気があるのは、父親譲りなのかもしれない。といっても、父が特別仕事が好きで仕事ばかりしていたわけではない。人生の半分以上をタクシーの運転席で過ごした父は、夫は外で働き、家庭は妻に任せていた時代の平凡な家長だったに過ぎない。やっとのことで暮らしている状況で家族に愛情を示す最善の方法は、きちんときちんと毎月給料を持ってくることだと思っていた父は、家族と時間を過ごすというのがどういうことかわからないまま、若い時代を通り過ぎてしまった。

それでも父は運が良い方だ。そうやって貯めたお金で、ずっと欲しいと言っていた小さないちご農場を本当に買って、母にじゃーんとお披露目した。今考えると、タクシーを運転して稼いだお金でいちご農場を買ったという事実が、童話の中の夢物語のように感じられる。今ではもう無理な話だから。

いつだったかそんな話を父にすると、不機嫌そうに、苦労したこともないくせに軽々しく言うなとぶっきらぼうな返事が返ってきた。親子の世代で互いを理解し合うとか向き合うといっても、所詮はそんなものなのかもしれない。それぞれ自分の世代は大変だと主張し、それに比べて相手の世代の方が楽に生きられると言って平行線をたどる。そう考えると、人生を貫く世知辛さと孤独というのは昔も今も変わらないようだ。慢性的な膝の痛みと、コミュニケーション不足からくる子どもたちとの気まずい関係は悩みの種だけれど、今は原州で母と一日中喜怒哀楽を共にしながら、それなりに田舎（いなか）暮らしを満喫しているので、まずまず成功した老後と言えるのではないか。

ジファンが高校を卒業したばかりの頃だっただろうか。付き合っていた彼女に突然別れを告げられて、彼女の家の前にギターを持って押しかけた。ジファンは地面に座り込んで、耳が痛くなるような不協和音を掻き立てながら、路地じゅうに響くような声で愛の歌を歌い続けた。それでも反応がないと、今度は大声を上げ始めた。おまえがいないと死んじまう。おまえじゃないとだめなんだ！　恥ずかしくなるような純情な台詞が響き渡った。その夜、交番には両親の代わりに私が行った。赤くなった顔で私の肩にもたれて泣いていたジファンの横顔を今もはっきりと覚えている。何の意地なのか、泣きながらもジファンは頑固に言い張った。姉さん、僕は愛を信じる。愛だけが人生で一番崇高なものだ。知ってる？　僕たちは恋をするために生まれてきたんだ。僕はこれからも愛を信じる。愛で救われるんだ……。自分の言っていることをわかっているのか、それともただ誰かの受け売りで言っているだけなのか、私はそっとジファンの頭を撫でるだけだった。そんなジファンを、私の弟を、いつのまにかこれほどまでに現実的にしてしまった世の中が、ちょっと恨めしかった。

ジファンは無事に手術を終えて、十日ほどで快復して帰って行った。共同購入の掲示板で出会った女性とは何日かはうまくいっているようだったが、目がよく見えるようになったら熱が冷めたのだと言う。メガネをかけていた時はわからなかったけど、視力が良くなってみると、毛穴の中まで全部見えて幻想が壊れたとかなんとか。いざジファンが帰る時になると、名残惜しい気持ちが押し寄せてきた。家族ってそういうものだ。一緒にいるといつもいがみ合っているのに、別れ際には寂しさが募る。駅まで見送ってあげると言ったが、ジファンは最後まで断った。

「ここでいいよ」

私を玄関の中に押し込んでドアを閉めた。重くも軽くもない足音があっという間に遠のいて行く。ジファンが代わりに捨てておいてと残していったメガネをきれいに拭いて、本棚の上に置いた。これであいつは、世の中がもっとはっきり見えるようになるのか。二、三万個ものピクセルレベルの目を持つトンボが見る世界は、私たちが見る世界とずいぶん違うだろう。ただでさえ世間の道理に明るいジファンが、世の中の毛穴の中までよく見えるようになる未来はあまり嬉しくはなかった。

*

水曜日の夕方、ウクレレのレッスンが終わると、ムインとナムンおじさん、ギュオクと私はもともと約束していたかのように飲みに行き、次の計画について話し合った。最初からインターネットやSNSは、私たちのターゲットではなかった。インターネットを使った煽動はあまりにもありふれていて、簡単にしっぽをつかまれ、失敗も多く、そしてあっという間に消えてしまう。ターゲットに合わせて、目立たないように、でも確実に相手に伝わるように反撃すること、それが私たちの選んだ方法だった。

私たちは営利主義と世襲で悪名高い牧師がいる教会に行って、牧師が廊下を通り過ぎるとき、木魚を叩きながら南無阿弥陀仏（なむあみだぶつ）を叫んだ。従業員への賃金未払いで問題になっている大型スーパーでは、支店長が現れるのを待って「支払え」と大きく書いたマスクをして歌って踊り、一分でさっと姿を消したりもした。

権威を不当に利用して世の中を歪ませている人たちがターゲットで、彼らを困惑させ、面と向かって叱責し、不快にさせることが私たちの目的だった。誰もが同じ反応だった。水をかぶっても絶対に濡（ぬ）れないとでも思っていたのか、私たちの反撃に一様にびっくり仰天してうろたえていた。彼らは、心の中でこんな言葉をつぶやいたのではないだろうか。

誰だ。よくも、この私に。

なぜ、おまえたちが、どうやって。

軽犯罪と言うには軽微で、名誉毀損と呼ぶにはあまりにも短くて曖昧な、いたずらのような反撃が毎週のように起こった。私たちはその境界線の上ぎりぎりを歩く人間だった。ハン・ヨンチョル事件のように、十分告発もできたが、心理的にそうできないような状況を利用したりもした。アイデアを練るのも、実践に移すのも緊張の連続だった。生きていることを実感したし、私たちが世の中の鍵を握っているような気分にもなった。私たちは毎週ささやかな祝杯をあげ、密かに鼻を高くして成功を祝った。

ＳＮＳやローカルな雑誌に目撃者たちの反応が掲載されることもあった。彼らは痛快がって、私たちの正体を知りたがった。政治的なパフォーマンスだ、独創的なパフォーマンス・アートだと言う人たちもいた。インターネットに目撃談が掲載されて、ごくたまにだが、私たちの行動をアレンジして真似(まね)る人たちも現れた。

私たちが攻撃した相手のしでかした不当な事実が、ちょっとの間再び話題になったこともあった。でも、私たちが注目されすぎるのは危険だったので、ターゲットはいつも慎重に選ばれ、行為は短く、暗示的だった。

攻撃は痛快ではあったが、そのターゲットも行動もある一定の枠を越えないでいることが気にかかった。的(まと)を射ずに周辺ばかりぐるぐる回る感じ。しかし、私は決してそんな考えを口には出さなかった。私にとってこの仲間は、世の中とのコミュニケーションのための小さな社交クラブでしかない。危険を冒すつもりはもちろん、すべてを捧げて世の中を変えるつもりも勇気もない。ギュオクに対する個人的な関心は別として、彼らと私が同類だと思ったことはない。ちょっととどまるだけの場所であり、すぐに過ぎ去って忘れてしまう人たちだと、ずるいことに心の奥底ではそう思っていた。できることなら上に行きたかった。口には出さなくても皆そうだろうという考えが、後ろめたさをぬぐってくれた。彼らと一緒にいるといつも同質感と居心地の良さを感じたが、実はその同質感こそ、私が最も抜け出したいものだった。

先日、体の調子が悪いと言って、有給休暇を取った。アカデミーの代わりに向かったところは、ある中堅企業の文化事業部だった。企画チームの新人を募集していて、私は書類選考を通り、最終面接まで残った。あまり大きな期待もせずに出した書類だったが、面接を受けるのが私を含めてたった二人だと知って、期待が大きくなっていた。

その会社は最近、いくつかの映画への投資でかなりの収益を上げ、将来性がありそうに見えた。洗練された服装の面接官たちの質問に答えながら、頭の中にはそこで働く自分の姿が浮かんだ。エレベーターの前で社員証のバーコードをかざす私。スターバックスでノートパソコンを開いて超過勤務をして、平日の昼は試写会や展示会に行ったり、刊行されたばかりの本の中に良い企画のアイデアがないかを探しに大型書店に立ち寄る私。ときには仕事がきついと不平を言うこともあるだろうが、それがどんなに贅沢(ぜいたく)なことか。まるで機械のようにコピーと講師の使い走りをしている今とは比べものにならない優雅さだ。

最大限、自分をアピールした。DM傘下のアカデミーで企画とプログラム全般に関与していると、適当に嘘も混ぜながら自らを洗練された人間に仕立て上げた。繁忙期に残業や休日出勤ができるかという質問には、全力でうなずきながら、もちろんですと言っていた。何としても、この世の中にちゃんとした居場所を作りたい、それが私だった。

ジファンとギュオクが投げかけた正反対の命題は、ずっと私を苦しめた。ジファンは現実に賢く従えと忠告し、ギュオクは現実に亀裂を起こす勇気を持ってみようと言う。正反対に位置する二つの概念に共通点があるとすれば、どちらも向き合うのはつらいということだった。

12　老いた市民

合格者には個別に通知するとのことだった。面接を受けてからもう四日目なのに、私の電話は鳴らなかった。好意的に微笑んでいた面接官たちの表情がちらつく。私以外にもう一人、面接を受けた人がいた。彼女は深く頭を下げたきりもじもじして、消え入るような声ではっきりしない答えをぶつぶつ言うだけだった。この競争では私が負けるわけがない。何か手違いがあったのだろうと思った。例えば採用の決定権を持つ人が風邪を引いて発表日が遅れたとか、システムエラーで私の電話番号が消えてみんな困り果てている、とかいうような。

お昼が近づいた頃、廊下に出て、勇気を出して電話をかけた。自動音声の複雑な内線番号案内をかいくぐって、やっとのことで担当者とつながった。にこやかな声だった。数日前に受けた面接の個別通知は終わったかどうか尋ねた。はい、終わりました。最終面接者の中に合格者がいるんでしょうか。はい。そうですか、わかりました。言い慣れた言葉が自然に出てきた。何の感情もこもっていない、いや、むしろすっきりしたような私の声が。

再び席に戻った。ユ・チーム長が自分がおごると言って、事務室のみんなに寿司屋に行こうと声をかけていた。どうしても今は、何でもないような顔をしてみんなと寿司を食べる自信がなかった。いつもの言い訳の言葉が飛び出した。

「ジョンジンさんが来てるんです」


団地の中の公園を歩いた。運動している人たちが目につく。鉄棒で筋肉を鍛える人、息が上がるまで、肌が焼けるまで円形トラックを走る人。みんな一生懸命生きてるんだな……胸がちくちくした。私は結局、明日へ進めないのだ。いつも抜け出したい今日に縛られているだけだ。永遠に同じトラックをぐるぐる回って終わるのだろう……。

そんなことを考えながら歩いていると、突然怒鳴られた。なんで逆に回るの、ぶつかるじゃない。スポーツウェアを着込んだおばあさんが横目で睨みつけ、パワーウォーキングをしながら去っていく。気がつくと、私だけ反対回りに歩いていた。この小さな公園にも回るべき方向がある。その方向を間違えただけでも、他人に迷惑をかけて、考えのない人間と言われてしまうのだ。

ベンチに座ってうつむき、脚の両脇に手を伸ばした。指先で古い木目のざらざらした感触を撫でる。涙が溜まりかけた瞬間、突然大きな影が私の顔を覆った。

「そんな人いないんでしょ？」

顔を上げると、ギュオクが立っている。微笑んではいるけれど、何だか気に入らない表情だ。

「私の後をつけてきたんですか？」

「まあ、そんなところですかね。彼氏の顔でも拝もうと思って来たんです。最初はすっぽかされたんだろうと思ったたし、二回目は透明人間なのかと思ったけど、三回目来てみたら、やっぱりホントはいないんだ、ジョンジンさんなんて」

言葉に詰まって、顔が火照った。こんなところを見つかるなんて、いや、こんなことを突き止められるなんて、恥ずかしいのと同じくらいギュオクが憎らしかった。やっとのことで主張するように言った。

「心の中にはちゃんといるんです。私には絶対に必要な人ですし」

「どんなときに必要なんですか？」

「どうしてみんな……」

声がだんだん鋭くなった。いらいらした。

「どうしてみんな、人のことを考えないんでしょう。誰でも一人でいたい時があるじゃないですか。なのに、どうして誰かが一人でいたいというのを、放っといてくれないんですか？　私がどれほど切羽詰まって、透明人間を創り出したと思いますか」

声を張り上げるように言った。ギュオクはしばらく沈黙した。

「一人でいたい人と一緒にいるのって、本当にジョンジンさんじゃないとできないことみたいですね。じゃあ、一人でいてください、邪魔するつもりはないですから」

そのまま いなくなるかと思ったのに、ギュオクは私の隣にどっかり座って、ケータイにつないだイヤホンを私の耳に挿した。ポロポロ鳴るピアノの不協和音が聞こえたかと思ったら、少し鼻にかかった男の甘い声が流れてくる。この声はハリー・コニックJr.だ。うつむいた視線の先に、液晶に映った曲のタイトルが見える。〈Don't Get Around Much Anymore〉。低く濃密な旋律が耳を覆い始める。空を飛ぶ鳥も、トラックを回っている人たちも、この瞬間だけは、私のために存在するセットかエキストラのように見えた。

風が優しく顔を撫で下ろし、地面に花びらを撒き散らしている。空は青く、地面は一面ピンク色だ。桜が咲いた記憶もないのに、いつの間にか風を受けて花びらがはらはらと散っていた。すっかり忘れていた。もう四月も半ば過ぎなのだ。表拍ではなく裏拍にアクセントがくるゆっくりしたスイングのテンポに、私の心臓の鼓動もゆっくりと鎮まっていった。

曲が終わり、ギュオクが立ち上がった。歩きだした彼が振り向いて尋ねた。

「ところで、どうしてジョンジンって名前なんですか?　別れた昔の恋人の名前かなんかとか?」

私は答える代わりに肩をすくめ、ギュオクはわかったというように手を軽く上げてまた背を向けた。ゆっくり小さくなっていく彼の後ろ姿を見ながら、得体の知れない安堵感が体を包んだ。小さな温かさが指先で生まれ、体にゆっくりと広がっていった。突然の温もりに、溜まっていた寒気が逃げ出すようにぶるぶると体が震えた。

もしかすると、ジョンジンさんに会うたびに望んでいたのかもしれない。誰かがジョンジンさんなんていないと言ってくれることを。一人でいるな、一緒にご飯を食べようと言ってくれることを。一人でいないで一緒にやろうと手を差し伸べてくれる誰かがいることを……。

春学期は大詰めを迎えていた。ウクレレ講座ももう少しで終わりだ。兄妹とその母親以外には途中でやめた人はおらず、夏学期も講座はそのまま続き、中級課程として行われることになった。

もの憂げな母親の息子がかなりの実力を見せて、講師はその子を教えることにやりがいを感じていた。講師はジェイク・シマブクロやハワイの天才ウクレレ少女の動画を見せながらその子に特別な指導をするようになり、自ずと、何とかついて行くだけの私たちへの指導の熱意はちょっと低くなった。母親は申し訳ながって、ときどき自分で焼いたクッキーやパンなどを私たちに持ってきてくれたが、その見え見えの「食べ物で手なずける」手口に、ムインとナムンおじさんは何も言わずにずっと一人でウクレレを鳴らしていた。私としては、そんな講師の授業態度が不満だったが、アカデミー内部の者という立場上、とやかく言うのも何なので、ひたすら弦を爪弾くしかなかった。

講義室にいる間、私たちは互いに雑談をしたり目配せをしたりしなかった。どこからか流れてくる冷たい空気の中で、申し合わせたようにみんな一人で楽器と向き合うだけだった。その奏でる音と闘いながら。そうやって無心に指を動かしていると、一人で四本の弦を爪弾いて柔らかな鈍い音を出す、その意味のなさそうな行為がまさに人生ではないかという、突拍子もない考えが頭をかすめたりした。

*

キム部長からメールが届いたのは、ある金曜日の朝だった。みんなには内緒で、昼休みに近くのカフェで会おうという内容だった。メールを見た瞬間、体が固まった。キム部長は最近ぐっと口数が減っていた。メモ事件の後、まったく別人になったように、事務室の中で浮いていた。しかも突然休暇を取り、二日前から出勤もしていなかった。そんな彼がなぜ、私に会おうと言うのだろうか。

　カフェの前できょろきょろしていると、キム部長が目の前にぬっと現れた。髪は昔の考試生[31]のようにぼうぼうで、頬は張りがなくげっそりとこけていた。

　キム部長と一対一で話すのは初めてだった。漠然と五十代だろうと思っていたが、急に老けてしまったのか、間近で見ると六十を超えているようにさえ見えた。生(は)え際から白くなった髪にはつやがなく、脂ぎった頭のてっぺんには大きなフケがぎっしりと詰まっている。コーヒーを飲んでいる間も彼が繰り返し頭を掻くので、私は気づかれないように少しずつ後ろに下がった。天気だなんだとありきたりな話をしていたキム部長が、いきなり本題を切り出した。

「ジヘさんに一番先に話すことになるな。私は来週からもう来ない。今までありがとう」

　突然の言葉にびっくりして口が塞(ふさ)がらなかった。キム部長が辞めるって？　それは衝撃的という以上の事件だった。偉そうな態度と迷惑な癖はあったけれど、キム部長がアカデミーの中心だということには異論がなかった。数々の講座を企画してアカデミーがその地位を確立したのも、人気講師を引き入れて、熱心なリピーター会員を増やしたのも、ほとんど彼の功績だった。

「まだほかの人たちには言ってない。退職願は受理された。週末に荷物をまとめに来るよ。誰もいない時に」

　キム部長が長いため息をついた。思わず体が震えた。

「もしかしてあのメモのせいですか?」

キム部長は微かに笑った。

「いや、そのせいで辞めるという訳じゃない。もちろんあれから、私は全然別人になったけどね」

ほっとしながらも、まだ安心はできなかった。するとキム部長は予想外の話をし始めた。

「表向きは自分で退職願を出した形になってるけど、実際はクビになったんだ。出してくれと言われて出したものだから。言ってみれば寿命が尽きたんだよ。どうせ人工呼吸器がつけられた余命わずかな人生だったんだ」

ちらりと聞いた彼の過去の話を思い出した。長いこと本社でばりばりやっていたのに、突然アカデミーに移ってきたという。しかし、そこに特別な事情があったことまでは知らなかった。その事情を、今日彼の口から直接聞くことになろうとは。

キム部長は、本社の食品マーケティング部でかなり実績を上げていた。ところが、新製品の発売を前にして事件が起こった。他社から発売される製品と、成分からコンセプトに至るまでそっくりだったのだ。信じていた後輩の仕業だとか、相手の会社から情報を盗んだとか、いろんな噂が飛び交ったが、いずれにしても彼の責任だった。彼が商品開発の責任者だったから。

「会社に行ったら、自分の机が廊下に放り出されていたんだ。それでも私は、必死の思いで廊下のその机に座って、仕事を続けたよ。一か月もね。そして毎日同期を訪ねて懇願したんだ。入社時は同期だったのに、その時は私が膝をついて頭を下げた。それで、何とかここにやって来たんだよ」

キム部長の声がだんだん小さくなった。

「私なりに一生懸命頑張った。絶対負けるもんかと思って、頭も使ったし、力も尽くしたよ。汚く愚かしいゲームだった。勝とうとすればするほど負けるし、力を尽くせば尽くすほど泥沼にはまるんだ。でも、それなりに善戦した」

「それなのに、どうしてなんですか……?」

訳がわからず、私は尋ねた。

「人事評価が良くなかった。面白いもので、自分ではうまくやっていると思っても、それを他人が評価するかどうかは、また別物なんだ。つまりそれがセンスってものなんだろうけど、私はセンスのない人間だったんだよ。あのメモを誰が書いたのかは知らないけど、そんなことがあったという事実は、ユ・チーム長が本社に報告しただろう。私の人事評価にも反映されたはずだ。面白いことにね、こうなってしまうと、もう、誰が書いたのかなんてどうでもいいし、知りたくもないんだよ……」

キム部長が寂しく言葉を結んだ。私はこっそり爪をむしった。これからどうされるおつもりですかと聞くと、彼は遠くへ視線を向けた。

「会社をクビになった人間にできることなんて限られてるんだ。スタートアップだとか、創業だとか言って頑張ってみても、大部分は結局失敗に終わるんだよ。これから再就職博覧会にでも行って、生きる道を探してみるよ。いつかチキン屋で会うかもしれないね。そのときはたっぷりサービスするよ」

彼がつまらない冗談を言って小さく笑った。

「とにかくありがとう。ジヘさんが裏表なく真面目に働いていることは、誰もが認めると思う。だから推薦しておいたよ。新しい人を選ぶより、今いる人を使えって。ジヘさんにはまだ情熱があるんだから」

情熱、という言葉に胸がいっぱいになった。

「辞める時くらい何か一つはいいことをしたいと思って。これまでの私の行いを清算したいという気持ちもあるのかもしれない。それで、もうすぐ辞めるんだけど、直接伝えたくて呼んだんだ。おめでとう、ジヘさん。正社員になるんだよ」

どう反応していいのかわからず、言葉が出なかった。喜ぶにはあまりにも気まずかったから。キム部長は私の目つきで察したようだった。

「そんな顔することないよ」

そして、昔を懐かしむように語り出した。

「私だって最初からこんなだったわけじゃないんだ。私はね、ジヘさんが生まれた頃、街に繰り出した一人だったんだ。間違った世の中を変えろ、大統領を直接選挙で選べるようにしろ、『バンと机を叩いたらうっと言って死んだ[32]』なんていいかげんなことを言うな……そう叫ぶために街に出て、地面に横たわって、喉が裂けるほど歌った。自分なんかどうなっても良かった、その時は。世の中が変わることの方が重要だと思ってたから」

キム部長の口元が震えた。カッコのような八の字の長いしわが、震える唇の両側に寄っていた。

昼休みが終わろうとしていた。キム部長が我に返ったように席を立った。私はだんだん小さくなっていく彼の後ろ姿を、ずっと見つめていた。広場を埋めた一人だったという覇気に満ちた若者が、そのどこかに隠れていると想像してみた。しかし、すっかり丸くなった背中に、その青年の姿は見えなかった。ただ老いてしまった市民が遠ざかっていくだけだった。

こうして私は、インターン生活十か月にして、アカデミーの正社員になった。

13　自己啓発の時代

就職が決まって大好きな友だちに美味しいご飯をおごる喜びは、就職したことのない者にはわからない。あえて言うほどの話でもないが、それがその日の名言だった。ダビンは心から喜んでくれた。何秒かに一回、おめでとう、よかった、と言いながら目まで潤ませて、泣き出しそうな顔をしているのを見ると、この前、一人で勝手に距離を感じていたことが恥ずかしくなった。

「私は、あんたがとことん偉くなったらいいなと思う」

ダビンの言葉に、私も鼻がつんとなってしまった。

私は、海外に自分探しの旅に出ていたダビンが、どうしてあんなにも早く結婚という制度の中にすっぽり収まってしまったのか知っている。あれほど先進的な考え方だったのに、式を挙げろという親の言葉に、なぜ最後まで逆らえなかったのかも。

ダビンには双子の妹がいた。いつも手をつないで歩いていた、そっくりの妹が。地方から三泊の予定でソウル観光に来ていたダビン一家は、親戚のマンションに泊まって帰る前日、近所のデパートに立ち寄った。生まれてはじめて体験する、洗練された煌めきに満ちた場所だった。そしてその日、デパートが崩壊33した。両親とダビンは無事だった。でも妹はそうではなかった。双子の姉妹は灰色の壁の間に紅葉(もみじ)のような手を必死に伸ばした。しかし、救急隊員によって先に救出されたのはダビンだった。ダビンの体が抜け出た瞬間、妹の上に壁が崩れ落ちた。壁の隙間から出ている妹の小さな手だけが、変わらずダビンに向かって伸びていた。

ダビンは、妹から逃れたくても永遠にその場面を忘れられない子だった。それが生き残った者が背負った十字架だった。みんなの自分を見る目がこう言っている。おまえは助け出されたじゃないか。その罪で、生き延びた者は前に進めない。生き残ったという罪に行き場を失い、自分だけ助けられたという罪に、自分がやりたいことをしゃにむに押し通すこともできない。ダビンが赤道の向こうまで行って炎天下で安い労働力を提供したのも、それなのに結局自分の国に戻って大韓民国に人口を一人加えたのも、それが理由だ。

そんなことを考えていると、ダビンがまたヒョノの話を始めた。ダビンの夫はヒョノの友だちだった。ダビンがヒョノの消息を知っているのはそのためだ。ヒョノがイギリスから帰ってきたことは私も知っていた。

「連絡しないの？」

ダビンがいらぬ餌を投げた。私は首を横に振った。実はこの前ダビンが彼の名前を出した後、ヒョノともう会ったということまでは言えなかった。

*

蜂(はち)の巣ピザ(韓国のピザ味のスナック菓子)。恋人を恋人たらしめるきっかけはさまざまだ。私たちの場合、それが蜂の巣ピザだった。通学の途中。地下鉄の駅。たまたま隣に座った男女。間に置かれた二つの蜂の巣ピザの袋。自分のではないもう一つの袋に入った手。あっ、すみません。いえ、どうぞ召し上がってください。蜂の巣ピザ、お好きなんですね。はい、そうなんです。電車が来ましたよ。次のでいいでしょう。せっかくだからお好きなだけ召し上がってください。

蜂の巣ピザは、二人の間で運命のマスコット菓子になった。運命的な愛のシンボル、蜂の巣ピザ。

五年間の恋愛。とっくに賞味期限が切れて、しぼんでしまった燃え上がる気持ち。傾いたままのシーソーのような運命。入社試験に滑り続ける片方と、急な辞令で海外に派遣されるもう片方。頻繁になる喧嘩。ちょうどよく現れたもっともらしい口実。遠距離恋愛。喧嘩。仲直り。喧嘩。仲直り。フェードアウト。完全な決別のメール。

過ぎてしまえば本当にありふれている。その時は、世界でたった一つの、他人にはわかってもらえそうもない恋だと思っていたけれど。とにかくすごく苦しかった。ヒョノとの別れは、何かを象徴していた。私の人生の一部が丸ごともげてしまったような感じだった。彼との恋愛は、私の人生で一番美しくて輝いていた時代のすべてだったから。その時代が幕を閉じた時、私は泣いた。運命は終わり、あとは拍子抜けするような後日談だ。

エピローグ。ヒョノが座っている。私の目の前に。変わっていないように見えても、ちらちらと私の知らない嗜好が目にざらつく。嫌っていたダブルカット。興味ないと言っていたロングコート。男が香水なんてと言っていたのに、この匂いは何だろう。そう、三年もあれば変わるのに十分だ。ヒョノは黙って私の前にピーナッツ皿を押し出してくれた。その指先を見ると爪の形を思い出す。先の丸かった爪。私だけが知っていた癖。もう付け加えることのできない、密かな思い出がよみがえる。

ところが、何かが根本的に変わった。ヒョノが私に結婚式の招待状を差し出したとか、何か許せないことをしでかしたわけではない。強いて理由を挙げるとすれば、私たちは二人とも、もう蜂の巣ピザを食べなくなったということだろう。

別れを告げた。さよなら。軽く言っただけだが、心の奥底にしっかり鍵をかけておいた扉を開けて、彼を解放してあげた。エピローグを書くのが遅すぎた。悲しいと思うより、さばさばして肝が据わっているところを見ると、これは完全な結末だ。今、本当に終わりを迎えた。

*

正社員になっても、あまり変わったことはなかった。ギュオクは、私が正社員に昇格したことを特に気にしていないようだった。心から祝ってくれて、羨んだり妬んだりする様子はまったくなかった。最低限の稼ぎさえあれば、それで構わないと考えているようだった。ただ、私からキム部長の話を聞かされると、ギュオクは考え込み口数も少なくなった。

「ギュオクさんも、もうすぐ正社員になれますよ」

そんな言葉をかけてみたが、彼は静かにこう言っただけだ。

「いいえ、僕は、そんな目的でここに来たんじゃありません」

なのに私は、彼の心の内を聞くせっかくの機会を逃し、ギュオクが残した一言は、心の中で薄れていった。

とにかく、学期終盤にキム部長が抜けて、やることが急に増えた。でも、ギュオクと一緒にする資料の準備と講義室の片付け、そして終わりのないコピーは相変わらずだった。キム部長がいなくなって一番忙しくなったのは、ユ・チーム長だった。彼女は、こんな小さい組織で部長と呼ばれたくないと言って、頑なにチーム長という肩書に固執しながらも、ようやく実質的なことを自分の思う通りに進められるという興奮を隠さなかった。私ももともとやっていたことをこなしながら、ユ・チーム長と膝を突き合わせて新しいプログラムまで組んで、へとへとになった。ユ・チーム長は、秋学期にはアルバイトを新たに採用するからそれまで待ってほしいと言っていたが、実際は、キム部長が抜けて余った予算を、スター講師の招聘料や謝礼に回そうという魂胆があった。

ユ・チーム長は現実主義の人だった。六月から始まる夏学期に新しい講座を開設するのが、彼女の最初の任務だった。ユ・チーム長は、アカデミーの講座の大部分を占めている、人文学講座のラインナップをがらりと変えようと主張した。

「これからはうちの講座でも、世の中を生きていく方法を学べるようにしなきゃね」

「世の中を生きていく方法ですか？」

ユ・チーム長は大げさにうなずいた。

「自己啓発よ。今は自己啓発の時代なのよ。いや、自己啓発書と自己啓発講座の時代だと言っても過言ではないわ。お金を出していただくからには、それに見合う何かと交換してあげなきゃならないでしょ。使い道もないうえにすぐに忘れてしまう人文学より、自己啓発の方がいい。今はそれがトレンドよ」

会議の末、私たちは講座のラインナップの中に、最初から自己啓発セクションを設けることにした。何となくアカデミーがデパートのカルチャーセンターに似てきているような気がしたけれど、ユ・チーム長の勢いは止められなかった。


キム部長の辞職は、私をひどく混乱させた。世の中に対する怒りは、私ではなくキム部長が感じるはずのことだった。彼の人事評価にあのメモが影響しなかったとは言い切れなかった。よくはわからないが、ギュオクでさえそう考えているようだった。それでも私は、何も言えなかった。彼の辞職によって利益を得たのは私だという罪悪感があった。二度とキム部長に会うことはないだろうということだけが救いだった。

たいていの人間関係が、そうやって時間の中で薄れていく。しかしまれには、もう会うはずがないと思っていた誰かに会うこともある。私がそうだった。その存在が突然現れ、過去の羞恥心を呼び起こした。私に怒りと絶望を教えてくれた、薄れた記憶の中の胸をひりひりさせる存在が。

＊

ユ・チーム長は、ターゲットを主婦、会社員、定年退職者に分け、自己啓発の世界で有名な講師をピックアップし、彼らと交渉するのにてんてこ舞いだった。初めは何を思ったか一人で仕事を全部抱え込もうとしていたが、いざやってみると手に余ったのか、数日後、私にそのうちの一人と交渉してくるよう指令を出した。

「この女性を呼べれば、受講生が押し寄せるのは間違いないわ。もしかしたらパク教授の時みたいに、定員を増やさなきゃならないかも」

「誰ですか？」

「ゴンユン。わからなければ調べてみなさい。研究して、講座の企画書もちょっと書いてみて」

ユ・チーム長が片目をつぶってみせた。

ゴンユンといえば、私も聞いたことのある名前だった。最近トーク番組などにもしばしば顔を出す、知的で都会的なイメージの女性だった。その夜、帰る途中でゴンユンが書いた本を買って、一気に読んだ。

一時間半でするすると本を読み終えると、一万六千ウォンもした本代がちょっともったいない気がした。内容は単純だった。有名な貿易会社で立派なキャリアを築いていたゴンユンは、ある日、ずっとそうして生きていくことに疑問を感じて会社を辞める。そして、それまで結婚資金として貯めていたお金と住んでいた家の保証金を全部はたいて、お金が底をつくまで旅行することにする。彼女はヨーロッパ、南米、アフリカのあちこちを旅して、一年後、再び仁川(インチョン)空港に戻って来る。ポケットには一万ウォン札がたった一枚。彼女はもうどこにも行く所がない。彼女の前には、新しいスタートがあるだけ……。

本の中には、彼女が世界各地の友だちと一緒に撮った写真がところどころに挿し絵のように入っている。アフリカの部族にダンスを習い、ブラジルでコーヒー豆を摘(つ)んでいる。トスカーナの太陽の下で撮った自分の影の写真も。本の最後のチャプターは、自分らしい生き方を模索しているこの時代の女性たちへのアドバイスコーナーになっていた。自分だけの希望ノートを作ること、目標を具体的にイメージして部屋に貼っておくこと、毎日自分を褒めることなど、肯定論を展開するよくある自己啓発書と大きな違いはなさそうだった。最後の章には、彼女がつらい時、一日に一度は暗誦(あんしょう)したという、自ら作った呪文(じゅもん)も記されていた。

すべてのことは私の決めた通りになるだろう。
宇宙の星のように輝く私は

この世で一番特別な存在だ。

一見もっともらしく見えた。しかし、誰かが実際に人生の目標とするには、この本が提示していることはあまりにもお粗末で、ありきたりなものだった。新年最初の日、スターバックスで緑茶フラペチーノを飲みながら読んで、古本屋に売るのにちょうどいい本だった。本のカバーに載っているゴンユンの写真をじっと見つめた。体のラインを強調したアクアマリン色のツーピース。短くレイヤーを入れたショートヘア。濃くならないようにポイントだけ施したメイク。彼女が何がうまいのかは何となく見当がついた。誰かの目に彼女がカッコよく映るとしたら、その理由は、彼女が自分の人生をドラマ化することに成功しているからだ。彼女は自分を演出するすべを知っていた。

ゴンユンがアピールできる年齢層は、せいぜい三十代半ば以下の女性だろう。すでに人生の軌道に乗った人たちに、仕事を辞めて夢を追えと言って、旅行談を並べ立てるような自己啓発は、受け入れられるわけがない。彼女が素敵に見えるとしたら、若さの持つほんのわずかな可能性と、都会的な虚栄心が作用しているのだろう。

急にアイデアが浮かんで、私はその場で企画書を書き始めた。ゴンユンはすでに有名だから、ある程度名前だけでアピールできるはずだが、それなりのタイトルが必要だった。自分の姿を振り返り、新たな一歩を踏み出せる最後の機会。私が考えた講座のタイトルは「鏡を見る女性」だった。

過去を振り返り、過去と決別する。そしてまったく違う新たな出発。それは鏡を見る行為から始まる……。こんな文章が、白い画面の上に浮かんでいった。私はあっという間に企画書を作成すると、ユ・チーム長に送信した。

「まあ、いいんじゃない?」

翌日、ユ・チーム長が私を見るなり言った。その言い方は、褒めているのだ。ユ・チーム長は、人差し指で私を銃で撃つように狙ってこう言った。

「交渉!」

企画書を少し整えてから、メールに添付した。文章でオファーした方が効果的だと思い、メールの本文には、最大限丁寧でへりくだった言葉遣いでアカデミーを紹介し、講座の依頼を書いた。大した内容でもないのに何度も何度も修正したのは、これが私の責任で進める最初の仕事だというプレッシャーのためだったのだろう。何度目かの言葉遣いの修正にまぶたが重くなってきた頃、うっかり送信ボタンを押してしまった。

それからは、ずっと心臓がどきどきして仕方がなかった。何度も受信確認をクリックしたが、相手が受信確認を非公開にしていたら無意味な行動だった。やきもきして待ってはいたが、なぜか良い予感がしていた。彼女からの返信が、私の新しいキャリアのスタートになるという予感。夕食の頃、礼儀正しい返信が慎ましく顔を出していた。私は恋人からきたメッセージをかみしめるように、その二行を何度も読み返した。

講義は可能だと思います。
とりあえず一度お目にかかって話しませんか？^^

電話よりメールがいいというゴンユンの言葉に従って、私はご都合の良い場所に伺いますと返信を送り、何回かメールのやりとりをして、合井（ハプチョン）近くのブックカフェで会うことになった。昼間なのにカフェは人でいっぱいだった。心地よい音楽とざわめきがほのかなコーヒーの香りと調和していて、その中で、多くの人たちが本を読んだりノートパソコンを広げて何かを熱心にやっていた。

私は隅に席を取って座り、到着しましたとゴンユンにメールを送った。雑誌を一冊手にした瞬間、ケータイが鳴った。もしもし、と言ったとたん、向こうの方に座っている女性と目が合った。本のカバーで見た顔と同じだ。私は遠くから微笑みながら彼女に近づいた。

ゴンユンは体にぴったりフィットした紫色のワンピースを着て、足を組んでソファーに体を預けるように座っていた。近づくと、指ごとに違う色とりどりの派手なグリッタージェルネイルが目を刺激した。嬉しさを装(よそお)ったぎこちない微笑み。仕事で初めて会う人たちの間で交わされる表情だ。

「お会いできて嬉しいです。ゴンユンです」

彼女が手を差し出した。初対面で女性が、それも女性に対して手を差し出すのは、よくある挨拶ではなかった。握った彼女の手は、ひやりとするほど冷たかった。冷たいけれど、どこかねっとりした感触の手だった。彼女が私の手をぎゅっと握って、軽く力を抜いた。一匹の蛇が手にしっかり絡みついて、するりと抜けたような感覚だった。

「電話で話したこともないのに、オフ会でもしてるみたいですね。お会いできて嬉しいです。キム・ジヘです」

あたりさわりのない話をしていると、ゴンユンの目がだんだん大きくなっていった。訳がわからず、私は肩をすくめた。見開いたように大きくなった彼女の目が、何かを思い出すように、一瞬にして細くなった。急に不安な感情がどっとあふれるように広がった。ずいぶん昔のことだけれど、何度も味わった不安。すべてなくなったと思っていたのに、あっという間に意識の奥底から水面上に浮かび上がってきた、鋭くて苦しい感情。その正体に気付いた瞬間、彼女が口を開いた。

「私が誰だかわからない？」

そう、あの微笑み。決して忘れられない微笑みだった。初めて私に名前を聞いたあの日。あの日も彼女はこの微笑みを浮かべて言っていた。私、ジヘよ。あなたと同じ名前ね。仲よくしよう。そして目の前の彼女が、私に向かって十三年ぶりに同じ微笑みを浮かべて話しかけている。

「私、ジヘよ」

まるでこの世の中にジヘという名前を持つ人間は自分しかいないというような、確信に満ちた口調。氷が転がるように高く透き通った声と、右側が反りあがった唇。心臓が冷たく凍りついた。私の前に立っているのは、あのジヘだった。

ジヘはただの一度も、自分のことを「私もジヘだ」と言ったことがなかった。ジヘはただ、ジヘだった。私のジヘという名前が、白い砂浜の砂粒の一つに過ぎないとすれば、あの子のジヘという名前は、固有名詞であり、太く大きな文字で書かれた、まさに彼女そのものだった。

私たちは同じクラスだった。出席簿上、彼女はキム・ジヘAで、私はキム・ジヘBだった。そしてあの子は、絶対に私をジヘと呼ばなかった。私のことは、最初から最後まで、「ビー」と呼んでいた。

14　ビー

「私たち友だちでしょ」

　忘れた頃になると彼女はそう言った。その言葉は彼女の好んで使う懐柔策であり、甘い拷問だった。高校一年生の時、私たちは同じクラスだった。新学期初日に席が隣になったのがきっかけだった。ジヘは学期が始まる直前に転校してきて、学校に知り合いもいないし、町の地理もよくわからないと言った。助けてあげるよ。私が何でもないことのように声をかけた。すると彼女は、一緒に家に帰ってほしいと頼んできた。

「ちょっと人見知りだから、あなたと二人きりじゃだめかな……」

　断りにくい言い方だった。彼女は、私がもともと親しかったほかのみんなと離れて自分を案内してほしいと言った。転校してきたばかりだから何日かだけ、と友だちに言い訳したが、それでその子たちとは自然と距離ができた。なぜ私だったのかはわからない。ただ、彼女の目に最初にとまったのが私だったのだろう。私は彼女とご飯を食べ、一緒に家に帰り、悩みを聞いてあげた。

親友、ありがとう。親友、おやすみ。親友、大好き！　彼女はメールやメモをしょっちゅうよこした。しかし、親友と呼べるような関係は長続きしなかった。どこにいても目立つ、目鼻立ちのはっきりした外見と独特のオーラ。それだけでも彼女は人を惹きつける魅力があり、一人二人と、彼女の格に合う友だちが現れた。彼女が私に頼る必要がなくなるまでにそれほど時間はかからなかった。

私たちはもう一緒に家に帰ることも、本音を打ち明け合うこともなかった。しかし一つだけ変わらないことがあった。私への頼みごと。そのたびに愛嬌（あいきょう）の混じった笑顔を見せ、彼女はこう言った。私たち友だちでしょ。けれど、ジへのお願いがいつからか冷たい命令調に変わっていく頃、私たちはもう友だちではなくなっていた。何でも言うことを聞いてくれる子、秘書、パシリ、もしかしたら侍女や小間使い。それがジへの考える私、ビーの役割だった。

私の任務は雑多だった。売店へのおやつのお使いは基本で、時には昼休みにこっそり校門の外に出て、彼女が指定する生理用ナプキンを買ってこなければならなかった。代理人のように彼女の言葉をほかの子に伝えたり、授業に必要なものを言われなくても彼女の分まで用意しておく日常が続いた。

ジへは、お金を巻き上げたり暴力を振るったりはしなかった。お金の勘定はいつもきれいだったし、たまには私に好意を施すようにプレゼントをくれた。誕生日には、目一杯素敵に書いたカードをデパートで買ったリップグロスと一緒に、私のかばんにこっそり入れてくれたりもした。私はいつも、中途半端な気持ちのまま彼女の言うことに従うしかなかった。周りの子たちは、私が物質的な対価を受け取ってやっているんだとひそひそ話していたが、私には弁解の機会などなかった。私は彼女の腹心で、みすぼらしいけど捨てるには惜しい使える道具で、私たち友だちでしょ、という一言で簡単に思い通りになる都合の良いスケープゴートだった。友だちってこんなものじゃない。そう言う勇気が私にはなかった。

事件はある日、担任が大切にしていた象の置物がなくなったことから始まった。美術教師の担任は教室を飾ることにも熱心で、色々な絵や置物を教室に置いていた。あまりにマニアックな収集癖のせいで離婚したという噂もあったが、彼は気にもとめていなかった。ある日、担任はメロンくらいの大きさのガラス製の象を持ってきた。台湾の有名なガラス工芸作家の作品で、非常に高価なものだと説明することも忘れなかった。しかし授業が終わった後、彼はそれを職員室に持ち帰るのを忘れ、その後何時間も生徒たちはユーモラスな形をした象の置物を目にしながら教室内をうろうろしていた。その日、体育の時間が終わって教室に戻った時、象は消えていた。

犯人は簡単には見つからなかった。担任は一学期じゅう、必死になって犯人を捜し続けた。彼のやり方はしつこいところがあった。終礼が終わって、ほかのクラスの子たちが皆下校している時、うちのクラスの子たちは毎日三十分居残りさせられた。塾の授業だとか家に用事があると言っても、なかなか受け入れられなかった。私たちは全員目を閉じて、担任が教室の前を行ったり来たりしながら、今からでも遅くないから黙って手を挙げろとヒステリックにがなりたてるのを、毎日毎日三十分間我慢しなければならなかった。その儀式は二学期になっても続き、担任は学年が終わるまで犯人捜しを続けると意固地になった。

その頃、私はジへの使い走りをさせられることに耐えられなくなってきていた。だんだん命令が下される上下関係のようになってきて、自分が自分でなくなっていくようだった。

「ちょっと、ビー！」

一日に何度も、ジへは私に向かって叫んだ。私の名前はもはやジへではなかった。クラスの子たちも私をビーと呼んだ。あの時が人生を通じて一番独特な名前で呼ばれた時期だった。ジへはほかの子たちと仲良くして、もともと私と一緒にいた子たちは彼女たちだけの共通の話題ができ、その中に私が再び入り込める余地はなかった。誰も私をいじめなかったが、かといって私に手を差し伸べる人もいなかった。私は独りぼっちだった。一人でご飯を食べて、一人で家に帰り、そんな中、ジへの要求する雑用はだんだん増えていった。もう終わりにしなければならなかった。

私たちは、サーティワンで向かい合って座っていた。私たちの間には、三種類のアイスクリームが置かれていた。ジヘが買ったアイスクリームだった。

「私がおごるよ。あなたにはいつも感謝してるんだ。そんなことより、大事な話って何？」

ジヘがアイスクリームを舐めながら聞いた。私は、彼女からどのアイスクリームが食べたいのか聞かれてさえいなかった。私は肩にいっぱい力を入れてたどたどしい口調で、もう私に何かをしろと言わないでほしいと言った。しばらく沈黙が流れ、ジヘがアイスクリームのスプーンをぱんと音を立てて置いた。そして頬杖をついて私をじっと見つめた。

「ねえ、私、あなたと友だちだと思ってたのよ。すごく親しい友だち」

私も一時はそう思っていたが、今は違うと言った。まるで私が悪いことをしたみたいに聞こえる自分の声がいやだった。ジヘは高いトーンで、玉が転がるようにころころと笑って、内緒話をするようにささやいた。

「家(うち)に遊びに来る？　まだ誰も私の家に遊びに来た子はいないのよ。あなたが最初なのよ、どう？」

そう言ってジヘは私の手を握った。

ジヘが私を連れて行ったのは、学校の裏手の、つぶれかかった古い家々が並ぶ再開発地区だった。路地を回りまわって私たちの足が止まった所は、まるで廃屋のような暗い家だった。ジヘはきしむドアを開けてひょいひょいと家の中に入っていき、あっけらかんとした口調で聞いた。

「これが私の現実よ。驚いた？」

私はそんなことないと言ったけれど、声が上ずって自分でも言い訳しているように感じられた。急いで彼女の後について入った。家は色あせた古銅色で、とても暗かった。空気は濁り、悪臭が鼻をつく。奥で誰かが咳き込む音が聞こえてきた。

「私のおばあちゃん。会う？」

首を横に振ったが、ジヘはもう私の手を引っ張っていた。ドアが開くと、不気味な光景が広がった。短くカットされた白髪の老婆が、口をぽかんと開けたまま天井を睨んでいた。ゴホゴホと咳の音がメトロノームのように規則正しく空気を鳴らした。

「おばあちゃん、ただいま。こちら、私の友だち」

ジヘはそう言うと、床に座って老婆の顔を撫でた。深い皺の刻まれた汚い顔だった。周りにはごみが散乱していた。老婆はゆっくりと顔をあげて、どろんとした目で私を見つめた。私は突然向き合うことになった現実にひどく困惑して、視線を床に落とした。

「気楽に話して。このおばあちゃんは何も聞こえないの。はっきりとはわからないけど、観察してたらそうみたい。まあ、ちょっとくらい考えることはできるのかも」

ジへは、ペットについて説明でもするように、何てことないように話した。残忍な言葉とは裏腹に、彼女は相変わらず丹念に老婆の汚い髪を撫でていた。

「あんたのおばあさんじゃないってこと？」

「うん」

ジへがやや挑戦的に答えた。

「でも私が見つけたの。誰も見つけようとしない人をね。だから私のおばあちゃんだと言ってもいいと思わない？」

その言葉の後ろに、誰にも相手にされないあなたを友だちにしているように、という言葉が隠されているようで恐ろしくなった。

その家はジへとは何の関係もなかった。彼女は廃屋を歩き回っていてその家をたまたま見つけ、ときどき上がりこんで老婆の話し相手をしてあげているということだった。

ジへはぱっと立ち上がって、壁に掛かったくもった鏡をのぞいて髪を撫でつけた。

「ちょっと調べてみたら、それなりに教育を受けたおばあちゃんだった。ずいぶん昔なのに高等教育も受けて、学校の先生までしてたんだよ。息子も二人もいる。それなのに、人生の最後にこんな姿になるなんて誰が想像したと思う？　あなたも私も、未来がわからないという点では同じだと思う」

その時、老婆が寝返りを打った。そしてその瞬間、私はどこかで見覚えのある物を見てしまった。私の表情に気づいたジへが、布団でそれを隠そうとしたが、私の方が一歩早かった。

「これ……」

そこまで言って、私はそれ以上言葉を続けられなかった。それは担任のガラスの象だった。神殿を守るように、肩で息をしている老婆の懐にちょこんと置かれていた。ジへは軽くため息をついた。

「おばあちゃんの役に立つと思って。象は多福と長寿の象徴だから」

「でも、これ、先生のじゃない」

「そう、そうだった。でも今は違うよ」

ジへが諭すように優しく言った。私は何と答えたらいいかわからず、うつむいた。私の胸が激しく上下していた。狭い室内に私の息の音があまりにも大きく響いているのが恨めしかった。

「私に失望した？」

ジへの目が光った。聞き方は親切そうだったが、彼女が怒っていることぐらいはわかった。私は慌てて否定した。

「ううん」

「私も、自分がいいことをしたとは思ってない。確かに悪いことよね。でも機会が無かったのよ。元の場所に戻す機会がね」

何か月もの間、一日の日課の最後に全員で必ず三十分目を閉じていた教室の情景が、担任の怒った顔が浮かんだ。いったい誰のせいでこんな目にあわなきゃいけないのかって、あんたも文句言ってたじゃない。その言葉を口に出せない私の顔が熱くなっていた。ジヘが目を見開いたまま、私の顔に近づいた。

「やっぱり失望したようね。あらあら、ほっぺたまで真っ赤じゃない」

「いや……」

「ううん、あなたは私に失望したのよ。私はただかわいそうなおばあちゃんに良いことをしただけなのに、私の言うことには耳も貸さない。私はいつもあなたを特別だと思っていたの。それなのにあなたは、一方的に私たちの関係を終わらせようとして、それだけじゃなくて私の友情まで疑ってる」

ジヘが、おばあさんの短い髪の毛を撫でながら言った。

「ホントに……残念だな」

堪え難かった。頭の中は、ここから一刻も早く出て行きたいという思いでいっぱいだった。気が付くと私の口から、こんな言葉が飛び出していた。

「あんたを信じさせるには、どうしたらいいの？」

ジヘが動作を止めて、満足そうに私を見つめた。今やっと言葉が通じて嬉しいという顔だった。

「あなたの友情を見せて。あなたが元の場所に戻して、私の代わりに。友だちならそれくらいはできるでしょ」

私は、おばあさんがぎゅっと抱きしめている象を見つめた。それはじっとして何も言わなかった。


体育の時間だ。生徒たちがみんな服を着替えて運動場に出る。日差しは熱く、風は花粉でも乗せて運んでいるのか、頬がひりひりしてかゆい。二人ずつ前に出てバドミントンをする。こっそり列を離れて教室に入る。かばんの中から象を取り出してしっかりと持つ。大きすぎて片手ではうまくつかめない。心臓がどきどきして顔がかっかと火照る。手に持った象を教卓の隅にそっと置く。成功だ。あとはまた運動場に戻るだけだ。振り向く。誰かと目が合う。さっきまで机にうつぶせに寝ていた子が、私をじっと見つめている。慌てたあまり体が教卓にぶつかる。象がだるまのように左右に揺れる。そして床に落下してしまう。象がガシャンと壊（こわ）れ、鋭い破片がパッと四方に飛び散る。寝ていた子たちが驚いて寄って来る。二人、いや三人。みんな口をぽかんと開けている。私は手を震わせながら呆然と立ちつくす。

　その日の終礼の時間に、担任はみんなの前で私を立たせた。どんな経緯で盗んだのかと問い詰められるが、私は終始口を閉ざしている。担任が出席簿で頭を何度も叩く。数十個の瞳が私に非難の矢を浴びせる。私は助けを求める目でジへを見つめる。彼女はイヤホンをして本を読んでいる。音楽に合わせるように規則的に頭を軽く揺らす。平然とした顔、自分とはまったく関係ないという表情だ。

　その後、再びジへと話をする機会はなかった。二年生になる時、彼女は軍人だった両親についてまた転校し、あの事件のことはすべて私が被(かぶ)るしかなくなった。それ以来、卒業するまでずっと私は恥知らずな罪人(つみびと)だった。校庭を歩いているとどこからか脅迫の手紙が飛んできたりした。でも、そんなことは長くは続かなかった。ある日、誰かが私に石を投げつけて罵声を浴びせた時、私は叫び声をあげて自分の頭を掻きむしった。その勢いがものすごかったのか、それからみんなは私をいじめなくなった。ただその頃のつらい経験のトラウマで私は対人恐怖症になり、頭を下げて歩く癖がついた。人の顔をまともに見られないのも、その後遺症だ。

　ジへがいなくなった後、一度だけあの廃屋の辺りをうろついたことがある。その場所は完全な空き地になっていて、その後、あっという間にマンションが建った。奇怪な老婆の薄暗い部屋なんて、私の心の中だけに浮かんだ蜃気楼だったかのように、それが本当に存在したという痕跡はどこにも見つけることができなかった。

大人になってからも、その記憶は悪夢のように私を追いかけ回して苦しめた。夢はいつも、私が床に落とした象の残骸を拾って、私がやったんじゃないと叫ぶところから始まる。私の声は大きいのに誰も聞いていない。私は力の限り叫ぶが、目の前に立っている人たちの耳には何も聞こえない。私はさらに大きな声でわめき散らし、とうとうしゃがみ込んで泣く。すると頭の上に誰かの温かい手を感じる。顔を上げるとジへが立っている。ひらひらした白くて丈の長いネグリジェを着て、私を見下ろして慰める。大丈夫。ほかの人は知らなくても、私は知ってるわ。あなたは何も悪くないってことを。私は彼女に抱かれて泣き出す。ふと、握り合ったその手があまりにもやつれているのに気づいて頭を上げる。醜い顔が私を見て笑っている。皺だらけの煤けたようなあの老婆の顔だ。私は体を震わせながら目を覚ます……。

15 逃亡

シャワーから湯が流れ落ちる。頭にかかる温かい湯が足先に届く頃には、すっかり冷たくなっている。まだ体が震えていた。彼女の正式な名前は、今はもうキム・ジヘではなく、キム・ゴンユンだ。作名所[34]でそれなりのお金をかけて付けてもらった名前で、改名してからもうずいぶん経ち、活動名はゴンユンと言った。彼女は冷ややかに笑った。

「ジヘって正直、あまりにもありふれてるじゃない」

ゴンユンと私との間には余計な言葉は交わされなかった。私たちは何事もなかったかのように講座の計画について話し、私はずっと震える手を膝の下に隠して、彼女に支払われる報酬と講義のスケジュールについて説明した。別れる直前に彼女が言った。

「ときどきあなたのことを考えたりしてたの。ひょっとしてあなたが私を恨んでるんじゃないかって。でも、みんな子どもの頃のことだから」

そしてにっこり笑った。口の片方の端がちょっと上がって小さなえくぼができる笑顔。その笑顔の前で、私はいつも負けてしまう。十三年も経ったというのに、私はそんな彼女に昔と同じように微かな笑みを返していた。ひどい敗北感が私を覆った。私は浴室の床に体を丸めて座り、夕立のように降り注ぐお湯を浴び続けた。いまだに、あの頃から一歩も成長していない気がした。

内心では彼女の講座が中止になることを願っていた。しかし、それが無駄な願いだと証明するかのように、講座は早々(はやばや)と満員になり、受講申請は数日で締め切りになった。無理矢理爽やかな表情をつくって彼女を講義室に案内した後、窓越しに講義の様子をのぞいてみた。最初の講義でも、彼女は自己紹介なんかで時間をつぶすようなことはしなかった。大きな手振りを交えながら歯切れよく話す彼女からは、自信がにじみ出ている。彼女の顔はずいぶん変わった。元からきれいな方だったが、目元と鼻に手を加えてからは、以前の顔は思い浮かべるのが難しい。彼女が先に気づいた素振りを見せなかったら、私は彼女が誰かわからなかっただろう。いっそその方が良かったのに。

「どうかしましたか」

いつの間にか近づいてきたギュオクが肩を軽く叩いた。返事の代わりに私は力なく笑ってしまった。どうせ自分でどうにかできることでないのなら、あえて話題にするのも惨めな話だ。

憂鬱な時は、ギュオクとムイン、ナムンおじさんとの集まりに加わった。しばらく、特別な活動と言えるほどのことはしていなかったが、彼らとのおしゃべりはいつも愉快だった。でも、その時だけだった。彼らと別れて家に着く頃には、すっかり人生の落伍者のような気分に戻っていた。相変わらず私はみすぼらしい家に疲れた足取りで帰っていたし、私が前進させたことなど何ひとつなかった。自分の暮らしもちゃんとできていないのに、偉そうに世の中を評価していることが、身の程知らずの思い上がりのようで胸が締め付けられた。

ゴンユンとアカデミーの中で顔を合わせるのは、苦痛だった。私の生活は彼女の講義がある水曜日を基点に、一週間単位で再編成された。心の平安は、講義が終わった水曜日の夕方から金曜日の夜までしか続かなかった。土曜日の朝にはもう、気分はすっかり滅入っていて、週末を過ごす間にそれは物理的な症状となり、咳を伴う熱が出て体には蕁麻疹が現れた。遠くから足音が聞こえるだけで、全身がゴンユンの登場を感知した。

一方、ギュオクはゴンユンとずいぶん親しくなったのか、あれこれ冗談を交わす仲になっていた。どちらかと言えば、関心は主にゴンユンの側にあるように見えた。偶然ギュオクを見かけると必ず近づいて先に声をかけ、時には彼に飲み物を渡したりもした。廊下の向こうからギュオクとゴンユンの笑い声が聞こえるたびに、私は小さくなるしかなかった。やたらとギュオクにも冷たい態度をとったし、心の中ではアカデミーを辞めようという考えばかりが膨らんでいった。その思いに油を注いだのは、夏学期も中盤に差し掛かっていたある金曜日の会食の席でのことだった。

*

アカデミーの職員だけが参加する会食だと思っていた。遅れて顔を出すと、何人かの講師が参加していて、なぜかギュオクも座っていた。しばらくしてそこにゴンユンが現れた。彼女はたちまちその場の中心となり、私はギュオクと笑って話すゴンユンの姿を見たくなくて、ビールを飲んでばかりいた。ほんのり顔が赤くなった頃、偶然彼女と目が合った。彼女は大げさな表情を私に向けて、乾杯しようと言った。私が黙ってグラスを持ち上げると、彼女のグラスが、ぶつかるように私のグラスを押した。ガチンと音がした瞬間、彼女がみんなに向かって大きな声で叫んだ。

「ねえ、知ってますか？　ジヘと私、高校の同級生ってこと」

「本当ですか？」

ユ・チーム長が聞き返すと、ゴンユンは意外そうに私を見た。

「言ってないの?」

「うん、……まあ、ここじゃ、立場も違うしね」

私はごまかした。

「そうなんだ。私たち親しかったんですよ。ご飯も一緒に食べたし、家にも一緒に帰ったし。私、ずいぶんお世話になったんですよ」

「どんなお世話ですか?」

ギュオクが割り込んだ。

「そうですねえ。借りのある友情っていうか」

ゴンユンが意味深な口ぶりで言った。どんな借りかと、あちこちから尋ねる声が聞こえた。

「あなたから話してみる?」

ゴンユンが私の腹の中を探るように聞いた。返事をする代わりにケータイを取り出した。もしもし。うん、うん。部屋の隅に移動しながら適当にしゃべったあと、電話を切って戻った。

「私、ちょっとお先に失礼します。友だちがずっと待っているというので」

「誰なの? 恋人かしら?」

ゴンユンの甲高(かんだか)い声がざわざわしたビヤホールの騒音を突き破って、みんなの耳に届いた。

「たぶんそうですよ。私たちも会ったことはないんですけど、恋人なんじゃないかと思いますよ……恋人なんでしょ？」

ユ・チーム長が口を挟んだ。

「はい、恋人です」

出入り口に向かいながら振り返って、私はそうつぶやいた。

寂しかった。歩きながらずっと。ジョンジンさんとお酒を飲むのは初めてだった。いつもご飯かお茶で、お酒を口実にしたのは初めてだったから。それは、私一人で飲み屋で酒を飲むのは初めてという意味でもあった。この間みんなと一緒に来たＬＰバーだった。客はまばらで、私は壁を背にして座り、ビール瓶を高く持ち上げた。すでにアルコールがかなり回っていたからか、喉をほろ苦い液体が流れていくのがまるで自分の体ではないみたいに鈍く感じられた。辞めよう。私はそう決めた。明日行ったらすぐ、辞めるって言うんだ。ビールをもう一口飲んで、自分を慰めた。この状況から抜け出すにはそれしかない。

「まったく。ホント言うこと聞かないんだから。ジョンジンさんにもう会うなって言ったでしょ」

誰かが前に座っていた。ギュオクだった。

「どうして、また来たんですか？」

私が、回らない舌で聞いた。

「どうしてって？　タイミングを見てジヘさんに告白しようと思ったんだけど、恋人に会うって言うから、ライバルの顔を見に来たんですよ」

ギュオクが軽く笑った。

「冗談を言う気分じゃないんですけど、私」

沈黙が流れ、その沈黙を破ったのも私だった。

「辞めようと思うんです、私」

「どうしてですか？」

「そうした方がいいような状況になったんです……」

ギュオクがふうんと息を吐きながら、面白いというように指でテーブルを叩いた。

「せっかくチャンスをつかんだところなのに、そんな言葉が簡単に出てくるんですか？　人生楽に生きてきたんですね」

「楽に生きたことなんかないです」

私はギュオクを睨んだ。

「だから、もう穏やかに暮らしたいだけです。夢とか、自分が何をやりたいのかとか考える必要もなく、誰にも邪魔されずに一日一日を穏やかに暮らしてみたいんです。私が一番うんざりしている言葉が何かわかりますか？　頑張るという言葉。頑張って生きろという言葉。頑張るのはもうたくさんです。頑張って生きてきました、それなりに。それでもこうなんです。頑張ってきたのに、この歳になってもこうなんです。だったら、もう頑張らなくてもいいじゃないですか」

まるでギュオクにすべての非難を浴びせるかのように、声を荒らげていた。息を整えるために、手うちわをした。ギュオクは、ポップコーンを口の中に放り込んで、パサパサ音を立ててそれを全部食べたあと、口を開いた。

「ジヘさんに前から聞いてみたかったことがあるんですが、この機会に聞いてもいいですか？」

「好きにしてください。もう聞いてるじゃないですか」

「自分では前に進んでると思ってるみたいですが、本当は逃げてるんだって、わかってて知らないふりをしてるんですか、それとも本当に前進してると思ってるんですか？」

よじれた言葉の束をほどくために、ちょっと頭をひねった。こんな時にそんなひねくり回したことを言うギュオクが憎たらしかった。私が答える前に、ギュオクが私の言葉を横取りした。

「考えたことがないのなら、一度考えてみてください」

彼はテーブルの前にぐっと体を傾けて、ささやくようにつぶやいた。

「それから、ジョンジンさんにはもう会わないでください。何も得るところのない友だちなんですから！」

ふらふらとした足取りで家に帰った。かろうじてドアを開けて、靴を投げ捨てるように脱いだ後、トイレに入って何度も吐いた。出るものは何もなかった。吐きたいのに吐き出すことさえままならないとは、世の中はいったいどうしてこうなんだろう。こんな些細なことさえ思うままにできないということが急にすごく悲しくなって、私はわんわん声を上げて泣き叫んだ。すごく酔ったせいか、涙もあまり出なかった。洗面台を両手でつかんで、顔を上げて鏡を見た。三十歳の、若いといえば若い人生の落伍者が立っていた。いや、そもそも成功したことがないから、落伍したこともない。うまくいったこともないから、スランプという言葉も贅沢だ。ただ、一日一日生きてきただけだ。自分の力量の分だけ、自分の能力の分だけ。自分の性格が支えてくれるちょうどその分だけ。それが私だった。

振り返ってみればそうだった。思った通りになったことなど一度もなかった。決定的な瞬間に、私は自分で決めたことをいつも保留した。私はジョンジンさんと別れることも、心に決めた通りに退職願を出すことも永遠にできないだろう。ギュオクが言った逃げるという言葉は、そういう意味なのかもしれないと思った。

16　存在の確認

　ゴンユンは、誠実とは程遠かった。全十二回の講義のうち、彼女はすでに二回すっぽかしていた。そのたびに私たちは、規定通り受講生たちに公示して受講料を払い戻さなければならなかった。ユ・チーム長が講師料からその分を差し引かなければならないという規定を丁寧に説明すると、ゴンユンは表情も変えずにうなずいた。それくらいの金はなんでもないというような表情だった。それでも、講義だけは集中してやっていたので、受講生から不満の声は出てこなかった。それも能力といえば能力だったが、管理者の立場からするとかなり神経をすり減らされた。彼女はいつも講義時間ぎりぎりに到着し、到着する前には電話にも出なかった。忙しいし、運転中に買うのは難しいからと言って、彼女が事務室に特別に頼んだのは〝コーヒー〟だった。

　ゴンユンはコーヒーが好きだった。そのコーヒーでないと気分が乗らず、到底講義ができないと主張した。彼女のお気に入りのコーヒーショップは、アカデミーから道路を渡って七分ほど歩いた所にしかない。そのショップは韓国に入ってきてまだあまり経っておらず、どこにでもあるわけではなかった。面倒だと感じるには十分な距離だ。彼女が所望するコーヒーは、3ショット入った熱いアメリカーノ。しかも必ず彼女専用のタンブラーに入れてこなければならなかった。ゴンユンが最初から私にコーヒーを頼んでいたら、何としても断っていただろう。問題は、ユ・チーム長がそれを私に指示したということだった。

「ということで、今後ゴンユン先生の講義の前に、ジヘさんが準備しておいて」

ゴンユンの銀色のタンブラーを私の前にぽんと差し出して、ユ・チーム長が言った。

「こんなことまでする必要があるんですか。センターの職員は使い走りじゃないのに」

けれど、私の胸の内を知るはずもないユ・チーム長は、その言葉を上に盾突いていると受け取った。

「偉くなったのね、ジヘさん。正社員になったとたん、慣行を変える特権でもできたみたいね。いつも納得できる仕事だけをしている人がどれだけいると思ってるの？　みんな、それがおかしなことだと知らないでやっていると思う？　そうすることで、何かが回っていくからやるのよ。こっちにちょうだい、ジヘさんがやりたくないなら私がやるわ」

これ以上誤解を招きたくも、争いたくもなかった。そういうわけではないと発言を訂正して、私はその仕事を引き受けた。

その日ゴンユンは、二時間の講義のうち一時間が過ぎた頃、講義室から出てきた。予定になかったし、前もって耳打ちもされていなかった。受講生もその日は少し戸惑っているようだった。ゴンユンは、新刊本のサイン会に行かなければならないので、了解してもらいたいと言って、笑みを浮かべた。前もって言うのを忘れていたと。

「そんなことじゃ困るよ。前もって言ってくれることもできたじゃない。もうこういうこと三回目だよ。文句を言われるのはこっちなの」

それくらいのことは言える。私は大人だし、これは仕事上の関係だから。しかし私の心を踏みにじったのは、彼女が何でもないことのように言った一言だった。

「だから、あなたが事務室にうまく言っておいてよ。家に急用ができたからとか。友だちなんだから、あんまりそんなこと言わないでよ」

「いや、嘘なんかつけないよ。サイン会ならイベントの写真や記事が出るかもしれないでしょ。どうせわかることなのに嘘ついたって意味ないよ。講義の途中で抜け出すんなら、前もってちゃんと断るべきだったと思う。人にうまく言っといてなんて言うんじゃなくて、今からでも事務室に行って謝るべきだよ」

私は震える声で言った。

「そう？　私は今、そんなことする時間はないから。それにしても、あなたずいぶんきついこと言うのね」

「これは仕事だから」

ゴンユンの眉毛は見る見るうちに逆立った。彼女は腕を組んで、鼻から息を吐き出した。

「そう、仕事。いいわ、じゃあ仕事に関してひとこと言いますね、キム・ジヘさん。先ほど、私のコーヒーを間違って買って来られましたね。私、最初にはっきり申し上げたはずですが。私はタンブラーに入ったコーヒーでなければ飲まないと。なのに、使い捨てカップで堂々と持っていらして、机の上に置いておかれましたね。そのせいでコーヒーがこぼれて机の上が濡れているのを目にしながら、何も言わずに出て行かれましたよね。実は今回だけじゃありません。この前は冷め切ったのを買って来て、一口飲んでアイスコーヒーかと思いました。こんな簡単なお使い、子どもでもできるでしょ？　ああ、それでいらいらしてるんですか？　でも私にとっては講義に絶対に必要な物なのに、どうしたらいいんですか。最初からそうはっきり言っておいたのに。こんなふうに誠意のない対応をされては、どうして仕事をする気になれますか？　お願いですから、これからはもうちょっと気を使ってください。そして事務室には今日のこと、好きなように報告なさってください。どうせジヘさんが何かを決めるわけでもないでしょうし、私はただ上の方のおっしゃる通りにするだけですから」

その言葉を残して彼女はいなくなった。

頭の中のものを根こそぎ掻き集めてデリートボタンを押したように、目の前が真っ白になった。脚の力が抜けて、へなへなと座り込んだ。誰もいなくなった講義室には椅子が乱雑に散らばっていた。一番前には、ゴンユンが座るアンティーク椅子が横を向いて出入り口の方を見ている。

ギュオクの言葉が浮かんだ。その多くの椅子の中に、私の席はなかった。私は時折入って、片隅をうろうろして出て行くだけだ。

「何を考えてるんですか?」

ギュオクが私の目の前に立っていた。

「いつまでこんなふうに生きていくのかなと考えていました」

ギュオクは口をつぐんで、じっと周りを見回した。私がまだ言っていないことを推理しようとしているようだった。

「『こんなふうに』とはどういうことですか?」

「言いたいことをたくさん抱え込んだまま何も言えず、ただそんな自分に矢を射ることです。こうなってから、もうずいぶん経ちます。自分自身も変えられないくせに、世の中にあだこうだ言うなんてホント笑っちゃいますね。そんな器でもないのに、一人で天に向かって指をさしていました」

「ただやりたいようにやってみればいいんです。それをできるとかできないとか考えないで」

彼が言った。

「ジヘさんは何でもできる人です」

ずっとこんなふうに生きることはできなかった。いや、ずっとこんなふうに生きることだってできる。毎回こんな気持ちになって、そのたびに挫折したければ、このまま生きればいいのだ。でも、それは嫌だった。誰かが席を蹴って出て行ったままの乱れた椅子を片付けて、理不尽に剣突を食わされながら黙っていたくなかった。

「私、行く所があります」

考え終わらないうちに、口から言葉が飛び出した。私の足はもう外へ向かっていた。

大型書店の前の石碑には、素敵な言葉が刻まれていた。人は本を作り、本は人を作る。その書店の近くに行くだけでワクワクした気持ちになっていた時があった。私はもっと素敵な人になるんだと思えていた頃。でも今はもう、純粋に本を見るために本屋に足を運んだのはいったいいつだったか、思い出すことさえできなかった。

人がいっぱいだ。彼らとぶつかりながら、やっとのことで隙間を見つけてその場所を目指した。向こうの方に人だかりがある。その真ん中に彼女が座っている。きれいにメイクした顔で自分の本にサインし、笑顔で握手している彼女。素敵な人生を生きる方法を講義する彼女が。でも私にとっては、人生に重い影を落とした人でしかない。その影を取り払わなければならなかった。人々の間をくぐりぬけて彼女の前に立った。私が本を持っていないことに気づいた彼女が顔を上げた。私たちの目が合った。

「謝って」

重たい声が胸の底から湧き上がってきた。ゴンユンは一瞬当惑したようだったが、すぐに、ぷっと音を立てて笑った。

「何を？」

「全部よ。勝手に講義をすっぽかしたこと。自分で買って当然のコーヒーを、当たり前のように買いに行かせたこと。そして昔、私にしたことも……」

ゴンユンはまったくわからないという表情で目を大きく開いて、すぐに、ああ、と言ってからからと笑った。彼女は片手で頬杖をついて、私を見上げてにこにこした。

「それを言いにここまで追いかけてきたの？　仕事も放りだして？　こうして見てると、あなたも私の講義を聴いた方が良さそうね。あなたの人生がそんなふうになった理由を教えてあげようか？　あなたがそう生きることを選んだからよ」

言葉を失った。唇がわなわなと震える。ゴンユンは軽くため息をついた。安っぽい憐憫が彼女の目に浮かぶ。

「あなた、今のような姿じゃなくて、違う自分を夢見たことあるの？　私が見たところ、あなたはまずその質問を自分にしたほうがいいわ。私に謝罪を求めるなり何なりするのはそれからにしなさいよ」

　あたりが騒がしくなっていた。あちこちでケータイのカメラで写真を撮る音がした。イベントの関係者とおぼしき人たちが、急いで近づいてきた。ゴンユンが嘲笑を浮かべたまま、髪を後ろに払った。後ろに立っていた男が本を持って、咳払いしながら私を軽く押した。ゴンユンは何事もなかったかのように、嬉しそうな顔で彼にサインをしてあげた。

　逃げるようにその場を離れた。私に向けられた人々の視線がちらちらと目に入った。いや、彼らは私を見ているのではないだろう。私なんて単なる風景にすぎない。その事実が、私をさらに惨めにした。あふれ出る涙が前を覆った。突然誰かの体が、壁のように私の前に立ちはだかった。顔を上げると、ギュオクが私を見下ろしている。彼を見て涙が嗚咽(おえつ)に変わった。声が体の外に漏れ出る。ギュオクは慌てたふうもなく私の肩をつかんで、私をどこかに連れて行く。どこへ向かうのかもわからなかった。私は涙でぐちゃぐちゃになった顔を隠して、手を引かれるままに人込みの中をさまよった。

扉が開いて、閉まった。するとやかましい騒音が一瞬にして消えた。私の泣く声だけが大きくハウリングして空間を埋める。ギュオクが肩をそっと押して私を座らせた。そこは非常口の階段だった。ギュオクが弁解するように言った。

「何か起きるんじゃないかと思って来ました。呼んでも何も答えず飛び出して行ったから」

「私、できませんでした」

私は肩を震わせた。

「どうしても言いたいことがあったんだけど、全部言おうとしたんだけど、うまくいきませんでした。何も言わないより、もっとおかしくなっただけです。私がどんなに情けない人間なのか、よくわかりました」

口から出てくるままに言い放った。涙が鼻水になってとめどなく流れ出て、三秒に一回ずつ鼻をすすった。

「自分でそう言うんだから、本当に情けない人なんだろうね」

ギュオクがハンカチを渡してくれて、そう言った。私はゆっくりと彼を見上げた。吐き出された言葉とは裏腹に、彼の表情は柔らかくて温かかった。

「それでも、慰めになる事実があります」

ギュオクが低い声で言葉を続けた。

「私たちはみんな、情けないということ。本当に、取るに足らないちっぽけな存在です。特別なふりをしても、顕微鏡でのぞいて見れば誰だってあくせく動き回ってるだけなんです。何とかして、自分の存在を認めてもらおうとあがきながら」

「存在をどうやって認めてもらうんですか。私が誰なのか自分でもわからないのに、何を認めてもらうって言うんですか」

私は自分が何を言っているのかもわからずに、泣きながら言った。

その時、ふわふわとした温かい気配が私を包んだ。

「その悩みは」

ギュオクが私を抱きしめていた。大きな体で体重もかけずに、温かく軽く。彼の声が少し低くなった。

「おそらくその悩みは死ぬまで続くでしょう。百歳になるまで同じことを考えるでしょう。寂しいと、自分が何者なのかわからないと。私の人生にはどんな意味があったのかと。そう思うたびに寂しいし、ぞっとします。でももっと怖いのは、そんな悩みを知らずに生きることです。ほとんどの人はその質問に顔を背けます。向き合うと苦しい上に答えもなく、疑っては探求することの繰り返しでしかないですから。生きるということは結局、自分の存在を疑う終わりのない過程にすぎません。それがどれほどつらくて堪え難いことなのか知っていく……」

「やめて、やめて。もう何も言わないでください！　今、私に必要なのは言葉ではありません、説明でも論理でも、人生の講義でもないんです」

　私は怒りをぶちまけるのをやめて、また泣いてしまった。そして涙と鼻水を彼の胸にこすりつけた。ギュオクが小さな声で、あ、ごめんごめん、と言うのが鈍く伝わってきた。ギュオクのチェック柄の開襟シャツが私の涙と鼻水で濡れた。大きなマシュマロに体を預けた感じだった。そのまま眠ってしまいたかった。鉄の扉の向こうから、通り過ぎる人たちの足音や本を探す人たちの声が聞こえた。それでも、まったく違う空間の中にいるような気分だった。暗くて温かい宇宙の中を遊泳するように。悲しみと恥ずかしさが少しずつ押し出されて、穏やかで秘めやかな気持ちが体を包んだ。

　私の呼吸が落ち着いて、ギュオクのシャツがかなり湿ってきた頃、私は彼にぴたっとくっついていた体を離した。体をくっつけている時は平気だったのに、離れてはじめて妙な気分になった。私たちは互いを見つめ合った。

「良かったです」

　私の口から軽率な言葉が勝手に飛び出した。

「何よりです」

　ギュオクは微笑んだまま、他人事（ひとごと）のように言った。そして、こんな言葉を付け加えた。

「ねえ、ビール飲みに行きましょうよ。涙をたくさん流したから、水分補給しに行きましょう」

「ビールは利尿剤です。体中から水分を集めてどんどん排出させるんですよ」

泣きはらした顔で、見当違いなことをつぶやいた。

「じゃあ行かないんですか?」

「今回はほかの人を呼ばない、と言うのなら」

さっきよりもっと軽率だった。ギュオクが驚いたようにちょっと目を大きく見開いた。そしてゆっくりうなずいた。

*

チェット・ベイカーがア・カペラで〈Blue room〉を歌う。チェットはどんな明るい曲でも、彼ならではのぞくっとするような不安なトーンで彩る。彼の演奏するトランペットの音色もそうだ。その紫色を思わせるもの憂げな声と演奏だけを聞いていると、ジャズにハマって学問から遠ざかった知識人のように思えるが、チェットは稀代の麻薬中毒者だった。音楽をするために麻薬をやったのではなく、麻薬のために音楽をしていたというほど深刻なジャンキー。こんな細々(こまごま)とした知識も、すべて講義の資料を準備していて、コピー機の前で知ったことだ。しかし、今はそんなことは重要ではない。私が生まれた年に死んだチェットが、この小さな空間で二人だけのために歌う。コンビニで買った安物のワインが、喉を通って体の中に甘く広がっていった。

ギュオクの家はコレクトマニアの隠れ家のようだった。あちこちに古いLP盤やコルク栓、焼酎の瓶のふた、黄色く変色した本や古い変身ロボットなどのフィギュアがびっしりと並んでいて、すべてが調和していた。ビンテージの数々に埋もれたその空間は、いかにも彼らしかった。そして私は彼と二人きりでいる。

チェットの歌が終わって、今度はビル・エヴァンスが〈My foolish heart〉を演奏する。いつものように柔らかく上品に、透明で美しいメロディーを作り出す。私の心にもしきりに波が立つ。そっと目でギュオクをたどる。彼の指先と唇、濃い眉毛を。私と目が合ったギュオクの目が微笑む。その微笑みに、胸の片隅がひりひりする。不意に彼の顔が暗くなった。彼は思いがけない話を切り出した。

「僕は矛盾の塊です。もっともらしいことを言っているけど、いざとなると本心は表現できないんです。未来のためだからと言って、いつも現在を逃してしまいます。さらにひどいのは、いつも自分を合理化するということです。僕は正しい選択をしただけだと。そう考えれば、後悔と自責でいっぱいの悪夢に苛まれずに済むから……」

ギュオクが酔った勢いで吐き出した意味のわからない言葉は、音楽に埋もれてただのBGMのように聞こえるだけだった。静かで気だるい音律が続く。ギュオクが曲に合わせて口笛でハモった。ピアノの甘い音色と合わさって、耳元がじいんとする。彼の唇をぼんやり眺めた。あの唇の上に私の唇を重ねたい。頰が火照る。何か言葉が口の外に漏れ出てきそうだ。それを防ごうと、続けざまに酒を飲んだ。何度も唇を噛みしめて我慢した。しかしとうとう言ってしまった。

「ギュオクさん」

彼が私を見る。

「好きみたいです」

今まで生きてきてこんな告白は初めてだ。今日は本当にすごく勇気を出した日だ。そう思いながら私はうつむく。しばらくの間、視線を床に向けたまま……。ギュオクの口笛はもう聞こえない。勇気を出してギュオクを見上げた。驚いた眼差しではない。どこか悲しくて切ない表情。傷ついた動物を見つめる善良な大人の目で、私をぼんやりと見つめているだけだ。

「僕を？　どうして…？　僕は、何も持っていないのに……」

「何か持っていないと好きになってはいけませんか？　たとえ世の中がそうだとしても、私たちまでそんなふうに考えることはないでしょう」

私たち、という言葉をあえて使って駄々をこねるような自分の口振りが気に入らない。でも私の心を遮るようなギュオクの表情が腹立たしくて、声が高くなった。そんな私とは関係なく、ギユオクは静かに言った。

「もし僕がジへさんに何かを隠していたとしたら？　それでも今と同じでしょうか。たとえそれを今、告白できないとしてもです」

「それは私もわかりません。私にわかるのは……」

言葉を結ばなかった。ギュオクは動かなかった。彼に近づいたのは私だった。私の髪が彼の肩にかかって、私たちの顔を覆う。浅い息が頬をくすぐる。爽やかなミントの香りとワインの香りが混じったキスだった。なぜかラストシーンを思わせる長くて甘く静かなキス。ゆっくりと意識が遠のいていった。不思議なことに、これが彼と交わす最後のキスだという気がした。しかし、それでもやめたくなかった。

17　消えてしまったロマンス

目覚めた時、ギュオクはいなかった。食卓の上には、牛乳とまだ温もりの残っているトーストが用意されていた。昨夜のキスを思い浮かべると、うなじの産毛（うぶげ）が逆立つ。首筋を通って髪の毛の間に潜り込んできたギュオクの指が、その感触が生々しい。しかしその夜、ロマンスはそれ以上は続かなかった。何も持っていないという彼の言葉が、頭の中をぐるぐる回っていた。結局私は、ギュオクから唇を離してしまった。彼もそれ以上私をつかまえなかった。立ち上がって帰ろうとしたが、体がふらついてそのまま座り込んでしまった。それが私の記憶のすべてだ。

トーストをのせた皿の横には、Ａ４用紙が半分に折られて置いてあった。それを広げてみて、少しがっかりした。大きく描かれた笑顔の^^マーク。そのほかには何の言葉もない。私はトーストには手をつけず、逃げるようにギュオクの家を出た。いろんな解釈ができるその絵文字は、私にはあまりにも明白な意味に思えた。昨日は気まずかったですね。もう忘れましょう。

それ以来、ぎこちない中途半端な関係が続いた。それ以上の化学反応も進展も起こらなかった。たまに目が合っても、私が先に視線をそらした。

先に近づいたのは私で、ギュオクはただ拒否しなかっただけだ。そして私をそれ以上つかまえもしなかった。私への思いやり？　あるいは彼の私に対する精一杯の友情なのかもしれなかった。彼の言う通り、私たちは持っているものが何もないから。そう考えると良かったとも思えた。危険な冒険にどっぷりハマってしまう前に、自分をよく守ったと言えるのかもしれない。それでも彼を薄情だと思ったし、自分が恥ずかしかった。しかし、この状況で私にできることは一つだった。退かないこと。引き起こしてしまった現実から後ずさりしないで、しっかり立っていること。たとえそれが間違いだったとしても、先に逃げないこと。

私たちは相変わらずコピー機の前で会い、一緒に椅子を整理し、ウクレレのレッスンを受けた。中級のレッスンでは〈All of me〉という曲を習っていた。フランク・シナトラが原曲者で、愛しているから自分のすべてを持って行けという歌詞は、今の私にはちょっとつらい内容だった。

――奪って私の唇を、失ってしまいたいから。

——奪って私の腕を、もう二度と使わないから。

私たちは愛のために愚か者になってしまった人たちのことをずっと歌ってきたが、現実の世界では絶えず計算をしてきた。計算しない愛は傷になる。残るのは恥ずかしさのこもった後悔だけだ。

キスの結末は苦かったが、ゴンユンに大きな声で言ったことまで無意味な結果にはならなかった。ゴンユンは変わらなかったが、変わったのは私だった。あの日、私はただ後ろを向いて泣くだけだった。でも、何が私を変えたのだろう。私はもう彼女を避けなかった。彼女の声や足音を聞くだけで妙に震えたり、冷や汗が出る症状も徐々に消えていった。

みんなの前でどうしても言わなければならないことがあった。私は機会を狙っていたが、数日後、彼女が講義資料を持って事務室に入ってきた時、大声で言った。

「あの、ちょっと聞いていただきたいんですが」

みんなが注目した。ゴンユン、いやキム・ジへも。

「本名キム・ジへのゴンユンさんと私は、友だちではありません。友だちだったことも一度もありません。できれば永遠に出会わなければよかった関係ですが、人生はそんな思い通りになるものでしょうか。申し上げたいのは、私はこの方とは仕事上の関係だけで、それ以上でもそれ以下でもないので、友だち扱いしないでいただきたいということです。以上です」

みんな驚いた顔をしていた。ゴンユンがチッと舌打ちして鼻で笑ったが、彼女の顔はすでに真っ赤になっていた。私はその言葉を残し、事務室を先に出た。ギュオクの顔に浮かんだ微笑がちらっと見えた気がした。

ゴンユンが途中で講義を辞めると言ってきたのはその翌々日のことだった。新刊本の宣伝やその他の事情を口実に、彼女は契約金の一部を返してでも講義を途中で降りると言い張った。ユ・チーム長はゴンユンに面と向かって、こんなやり方がどこにあるのかと声を荒らげて抗議した。アカデミーで一番ベテランのユ・チーム長に睨まれた以上、ゴンユンは無責任な講師として後々語り継がれるだろう。私にそこまでの意図はなかったのだが。

何はともあれ、今回のことは私にかなり大きな教訓を残した。心の中を隠さずにただ表に出すだけでも、何かを変化させることができるということ。その点で、恥ずかしいキスを交わしたギュオクに、私はずっと感謝していた。

その頃からギュオクは、姿が見えないことが多くなった。アカデミーの仕事が終わるとすぐに帰り、口数も目立って減った。ウクレレのレッスンも休んでばかりだった。それで自然とほかのメンバーともあまり集まらなくなった。ナムンおじさんは娘がひどい風邪を引いて病院に通っていて、ムインは作品公募の締め切りが目前に迫っていて忙しいというメッセージを送ってきた。何の前触れもなしに突然、予感がした。私も近いうちにここを去ることになるだろうという予感。ある日曜日の朝にかかってきた電話が、その予感を現実のものにした。

*

夢うつつの境でしつこく鳴る電話の音をアラームだと勘違いして、二十分あまりの間ふとんの中で丸まっていた。電話は結局静かになった。少ししてメールが届いた。電話がつながらないのでメールでお知らせしますという、知らないアドレスからの連絡だった。とんでもないスパムでないことを祈って受信ボックスを開いた。この間、求人情報を見て応募書類を提出した会社だった。私がその会社の最終面接対象者に残ったという内容だった。

日差しが降り注ぐ住宅街は、静かで閑散としていた。赤れんがの低層マンションが軒を連ね、ところどころに、住宅を改造した小さなレストランが目に付いた。しばらく道に迷った末に、朱色にペイントされたこぢんまりした建物の前に立った。外階段で三階に上るまで、建物の中に入るドアは見あたらなかった。階段の先のドアには「関係者以外立ち入り禁止」という木の札がでんと看板のように貼られていた。首をかしげて、かかってきた番号に電話をかけた。太い声が応対し、すぐに関係者以外立ち入り禁止のドアがガチャッと開いた。頭がもじゃもじゃの中年の男がにっこり笑って私を迎えた。立ち入り禁止の札があったのでここが玄関だとわからなかったと言うと、彼はお腹をかかえて豪快に笑った。

「関係者でない人は入れません。どうぞお入りください」

中は思ったよりずっと広かった。建物全体を改造し、すべての階が中央の吹き抜けに向かって開放されていた。おがくずのかぐわしい匂いが鼻腔(びこう)をくすぐる。あちこちに木製の家具がいっぱいあり、何人もの人がエプロンをつけて合板や丸太を切ったり、手入れをしたりしていた。隅に置かれた卓球台で卓球をしている人たちもいたし、ソファーに横になりイヤホンで音楽を聴いている人もいた。一見ばらばらな風景が、コラージュのように一つの調和した大きな絵になっている。一人一人の姿がどこにいても見渡せるにもかかわらず、ところどころに置かれたさまざまな趣向の絵やユニークな装飾品のおかげで、窮屈な感じはまったくしなかった。もじゃもじゃ頭の男は私を小さな部屋に案内し、どうぞおかけくださいと言ってペパーミントティーとアーモンド風味のクッキーを出してくれた。私の視線が壁に貼られた映画のポスターに向いているのに気づいた男は、自分の好きな映画だと言って、トム・クルーズ主演の『七月四日に生まれて』という映画について知っていることをあれこれ話し始めた。私も好きな映画なので、難なく会話に入っていけた。私は『遥かなる大地へ』や『レインマン』に触れながら、ある時期からアクション映画ばかりに出演するようになったトム・クルーズのずば抜けた演技力について語った。会話はぽんぽん続いたけれど、内心、頭が混乱した。私、面接に来るところ間違ってないよね？

「あのう……」

　慎重に言葉を選んだ。

「誤解があるかもしれないのでお聞きするんですが、私、面接に来たんじゃないんでしょうか？」

　男は、ちょっと慌てた様子だったが、すぐに答えた。

「これ、面接なんです。実はキム・ジヘさん以外には面接を受けていただく方はいないんです。僕がたくさん話しすぎましたね。あ、そういえば自己紹介もまだでしたね」

　彼は名刺を差し出した。「ナマケモノ休（ヒュー）」という会社名の下に「代表大工　チェ・ジュヌウォン」という名前が、木の枝を形象化したフォントで書かれていた。正直に言うと、ここがどんな会社かよく知らないまま応募していた。習慣のように履歴書をあちこちに出していたある日、採用欄に出ていたメールアドレスに自己紹介書と履歴書を送っただけだ。「生活創作集団」というキャッチコピー以外には、具体的にどんな仕事をしているのかも知らなかった。

　ここは家具を作る会社だった。見つけたインタビュー記事によると、チェ・ジュヌウォン代表は以前教育番組のプロデューサーをしていて、スペインに数年間留学した後、前から関心があった木工や家具の製作を事業として構想するようになったそうだ。

どれほど科学技術が発達しても、大工はなくならない職業だとどこかで聞いたことがある。機械でもいくらでも作れるのだろうが、「木を扱う人」というのはどこか代替不可能なところがある。代表は実力のある大工を大勢迎え入れ、彼らに楽しい仕事場を提供したいと抱負を語った。できたばかりの会社なので、まだ体制が整っているという感じではなかったが、代表の意志やビジョンだけは明確なように見えた。彼は、木の傍(かたわ)らの人間を表す「休(ヒュー)」という社名もそんな意味から付けたと言った。クリエイティブな何かが生まれる場所だという気がした。しかし、大工たちの中で、私に何ができるのだろうか。

「僕はロマンチックな現実主義者です。基本は現実主義者なので、ロマンチックという言葉は結局、修飾語に過ぎません」

チェ代表が両手を空中に広げて言った。

「だから僕たちは、僕たちに合理的なインスピレーションを与えてくれる人を探してるんです」

「でも、どうして私を選ぼうとされているんですか？」

代表はにっこりと笑って口を開いた。

「まだ選ぶとは言っていません。面接する人が一人だと言っただけです。こういうことは正直に言った方がいいですよね。ジヘさんが平凡だからです。正確に言えば、自分が平凡だとジヘさんご本人が告白したからといいますか」

「どういうことですか?」

どう反応してよいかまったくわからず、聞き返してしまった。

「僕たちはみんなクレイジーなんですよ。説明するのは難しいけど、ええ、みんなクレイジーです。何かをやっている様子から頭の中身まで全部です。ほとんどが、以前ほかの仕事をしていて、後から大工を職業として選んだ人ばかりです。角張った石ばかりなので、ぶつかったりがたがたすることもたくさんあります。そこでちょっと手綱(たづな)を握ってくれる人が必要なんです。クレイジーな集団では、平凡な人が変わっている方に属します。これまで応募してきた人たちは皆一様に、自分がどんなに特別なのかを主張していました。自己紹介を書けと言うと、インディ・ジョーンズ級のアクションアドベンチャーの英雄や、チック・リット(若い女性が主人公の小説のジャンル)の中の海千山千のヒロインばかりで、なんというか……ちょっとした小説を読んでいる気分でした。僕たちに必要なのは小説家でも、映画俳優でもありません。僕たちは、誠実に愛情深く我々を管理する人を探しているんです。言ってみれば、ロマンチックな現実主義者ではなく、現実的なロマンチストが必要だということです」

「そうは言っても、仕事を探している平凡な人間は世の中に私一人ではないと思うんです。もちろん、ここで働きたくないという意味ではありませんが」

失礼と受け取られないことを願いながら付け加えた。

「だから会おうと言ったのです」

「会ってみていかがですか?」

私の質問に、彼は咳払いをして何度も笑った。

「ジヘさんがご自身を紹介した文章が妙に心に響きました。淡々とした筆致も印象的でした。でも実際にお会いしてみると、なかなかしっかりした方みたいですね。こうしてちゃんと聞くべきことを全部聞いて、うまくさばいてクリアするところを見ると。平凡って、どこにでもありそうなものですが、あくまでも相対的なものです。数が多いといっても、それぞれみんな違いますから。僕が思うに、ジヘさんなら僕たちとうまくやっていけるんじゃないかと思います」

合格です、不合格です、ではなかった。自然と付き合うことになったみたいに、会話が交わされていた。代表は、年俸やその他の条件を細々(こまごま)と話してくれた。思っていたよりも高い額だった。食事代や残業手当もきちんと計算されていたし、福利厚生もきめ細かく行き届いていて素晴らしかった。

「それで会社がやっていけるんですか?」

私がちょっと心配になって尋ねると、代表はまたもげらげらと笑った。

「食べていくために、という言葉は、私の一番嫌いな言葉です。もちろん、生きるためには食べなければなりません。しかし、それだけではどんなに虚しいことか。食べるのは生きるための手段であり、遊ぶように生きなければ。私は仕事もそんなふうにやってみたいのです。可能かどうかはもう少し様子を見なければならないでしょう。それを可能にするために手伝っていただけますか？」

こんな質問は初めてだった。夢を見ているのではないかと思うほど嬉しかった。

「私たちは、木を切って家具を作るというハードウェアの仕事をしていますが、私たちの家具を使う人たちが幸せになることを願ってるんです。それはソフトウェアの領域です。そのためには栄養分が必要ですが、どんな栄養分を摂取しなければならないかということにまで気を使う余力はありません。それこそがジヘさんにやってもらいたい仕事です。ジヘさんが流す音楽を聴き、ジヘさんが薦める映画を観て、ジヘさんが好きな本の中の言葉が私たちにインスピレーションを与えてくれるでしょう。そして、ジヘさんのセンスが我が社のセンスになるんです。そうやって作られた家具は、そういう肥料なしに作られた家具より、少しは素敵なんじゃないでしょうか」

代表の話を聞いていると、次第に体が気持ちのいい興奮で震えてきた。面接を受けにきた人に夢を見させてくれる会社が本当にあるなんて。汗ばんだ手をぎゅっと握って聞いた。

「ここで私がお役に立てることはあるでしょうか？」

代表は笑いながら答えた。
「無限にあると思います」

*

「休(ヒュー)」には二週間後から出勤することになった。ユ・チーム長にいつ、どうやって話を切り出したらよいか迷った。正社員になったばかりなのに辞める？　最近では業務上の相談をされることも増え、プライベートな話もよくするようになったユ・チーム長に申し訳なかった。ここに身を置いて以来、他社に出した履歴書の枚数とこっそり受けた面接が何回になるかを知ったら、ユ・チーム長はどんな顔をするだろう。切り出すのに適切なタイミングを探ろうとしたが、ゴンユンの途中下車とそれによる大量の受講生の退会で、ユ・チーム長がすごくナーバスになっているうえに、ギュオクまで何日か休みを取っていて、ずるずると時間ばかりが過ぎていった。でも私はもうここにとどまっていたくなかった。キム部長の退社によって、DMに対して持っていたわずかな期待まで蒸発してしまっていた。運が良ければ一段ずつ上には上がるだろうが、決してどこにも私の名前を刻むことはできないだろう。たとえ後で振り返った時、間違いだったと後悔するとしても、私の心はどんどん一方向に傾いた。だから私は去らなければならなかった。

そんな中、いつの間にかウクレレ講座の最終日になった。秋には講師が仕事の都合でレッスンができないということで、今日が最後のレッスンだった。各自が好きな曲を練習して、小さな発表会が開かれた。A4用紙一枚に一字ずつ文字を印刷した「ウクレレ中級一期発表会」という貼り紙と、紙皿と紙コップに入ったお菓子と飲み物がすべてだったが、なぜかユ・チーム長をはじめアカデミーの経理チームと会計チームの職員たちまで見に来ていた。

思いの外、私たちの小さな発表会は感動的だった。つい半年前までは、まったく楽器に触ったこともなかった人たちが、一人ずつ出てきて、歌いながらウクレレを演奏した。

いつそんなに練習したのか、みんな一定水準以上の演奏を披露した。ナムンおじさんが選んだ曲は、今流行りのガールズグループの曲だった。もともとはテンポの速い曲だけど、軽やかなバラードに変身したおじさんの歌は、なかなか聴かせるものだった。もしこの場にいたら、ぷいっとすねた思春期の娘の顔にも、間違いなく微笑みが浮かんでいただろう。

公募の締め切り前で忙しくて来ないと思っていたムインは、やつれた顔で舞台に上がって〈キリマンジャロの豹(ひょう)〉を歌った。曲の導入部の、悲壮で長く続く独白で始まった彼の演奏は、漸層法のように少しずつ盛り上がっていき、最後はあがくように叫んで、熱のこもった発表を成功させた。演奏そのものよりパフォーマンス中心だったが、観客として来ていたビルの清掃担当のおばさんたちが拍手喝采(はくしゅかっさい)して、何とか楽しく終えることができた。講師はウクレレでは新しい試みだと言って、ムインのチャレンジ精神を称賛した。しかし、ムインの顔に笑みはなかった。今日に限って、彼は終始どこか硬く不機嫌そうな表情をしていた。

　講師が期待してやまなかった小学生は、春学期からあまり成長したところがなかった。鼻の下に薄い産毛が生え始めたその子は、やりたくないと何回かごねた末に、しぶしぶ前に出て流行りの歌をいい加減に歌って戻ってきた。ちょうど変声期が始まろうとしている自分の声色を嫌がっている様子がありありだった。多くの人の心をつかんで結構流行った曲だったが、その子の口を通すと念仏を唱えるような単調な反復音に変貌した。母親が、思春期が始まったものでと言い訳をすると、その子は「やめろってば！」と大声を出した。

　その子の母親は顔を赤くしたまま前に出て、慎重に楽器を手に取った。意外にも急成長したのは彼女の方だった。いつの間にそんなに練習したのか、適切な情感と強弱、完璧な音程でバッハの〈カンタータ〉を演奏し、ついでに軽快なリズム曲の〈Guava jam〉をアルペジオ奏法で披露し、喝采を浴びた。ついさっきまで思春期の真っただ中だった彼女の息子も、子どもに戻って一番大きな拍手を送っていた。講師が口をぽかんと開けて、おお、と声を漏らし、本当に素質があると褒めちぎった。夢を失ってからもうずいぶん経ったと言っていた彼女の両頰が、ろうそくを灯したように輝いた。講座が始まった頃は暗い色の服ばかり着ていたが、今日は華やかなパステルカラーの縞模様のニットを着て、髪をきちんと束ねている。素敵だった。彼女を心の中でもの憂げな母親、と呼んでいたのが申し訳なくなるくらいに。
最後に私の番になり、咳払いをして演奏を始めた。いつかギュオクが聴かせてくれた曲だ。四本の弦を慎重に爪弾きながら、その上に小さく歌声を乗せた。

Missed the Saturday dance
土曜日のダンスには行けませんでした
Heard they crowded the floor
人がいっぱい来ていたそうです
Couldn't bear it without you
あなたがいないのは耐えられませんでした
Don't get around much anymore
もう遊びまわるのはやめます

Thought I'd visit the club
クラブに行くつもりでした
Got as far as the door

なんとかドアの前までは行ったんです
They'd have asked me about you
きっとみんなにあなたのことを聞かれたでしょう
Don't get around Much any more
もう遊びまわるのはやめます

Darling I guess, my mind's more at ease
ダーリン、ようやく私の心は楽になってきました
But nevertheless, why stir up memories
でも、どうして昔のことばかり思い出すんでしょう?

Been invited on dates
デートの誘いもあるんです
Might have gone but what for
行こうかとも思ったんだけど、それに何の意味があるでしょう
Awfully different without you

あなたがいないと全然違うんです
Don't get around much anymore
もう遊びまわるのはやめます

ハリー・コニックJr.の声みたいに甘くはなかっただろう。ただ私なりに歌っただけだ。歌っている間、いろんな思いが頭の中をよぎった。今年の春、私はこの楽器について何も知らなかった。それぞれの弦がどんな音を出すのかも知らなかったし、楽器をどんなふうに持つのか、音はどうやって出せばいいのかも知らなかった。ムインとナムンおじさんは、数か月前までまったく無関係の人だった。でも長いと言えば長く、短いと言えば短い時間の間、私たちはたくさん話をして、おかしな行動を共にした。何曲かは手元を見ないで暗譜で弾けるようにもなった。その時間を通じて、私は少しは文化的な人間になったのだろうか。

曲が終わらないでほしいと思ったのは、ギュオクに来てほしかったからだろう。しかし彼は、最後まで現れなかった。ついに私の演奏が終わって、集まった観客たちがみんな出て行った後、講師が思いついたように言った。

「ギュオクさんもこの場にいたら素敵な演奏を披露していたでしょう。彼はこの場にいませんが、心の中でちょっと彼の演奏を聴いてみたいと思います。しばし彼のために沈黙しましょう」

講師のおかしな提案に従って、みんな真剣に目をつぶって沈黙した。彼がこの場にいたら、どんな曲を歌ったか想像してみた。それは革命歌だっただろうか、よくある愛の歌だっただろうか、さもなければ歌詞のないハミングだっただろうか。沈黙の中、遠くから柔らかなメロディーと低くて太いギュオクの声が聴こえてくるような気がした。

18 皆さん！

打ち上げには行ける人だけが行った。小学生とその母親は次の習い事に行き、講師は先約があると言って、一次会だけ軽く参加して抜けた。結局グラスを前に残ったのは、ムイン、ナムンおじさん、そして私だけだった。遅れてギュオクが顔を出した。いつもと違って身なりをきれいに整え、びしっとスーツまで着ていた。いかにも、どこかで面接を受けてきたような格好だった。私は彼と視線がぶつからないようにしていたが、何かの拍子に何度か目が合ってしまった。

その日の雰囲気はどこか違っていた。よく話が途切れ、話題を探すために無理に頭を働かさなければならなかった。それでもそれを認めるのが気まずいのか、誰も帰ろうとは言い出さなかった。ムインはその日、妙に早く酔った。普段と違い、ぎらぎらした目は苦々しさでいっぱいだった。彼は食べ物にはほとんど手をつけずに、痩せた体に酒を注ぎ込んだ。ついに血中アルコール濃度が臨界点に達したのか、とうとう心の内を吐露し始めた。

「俺、もう書くのをやめるつもりです。今まで何度も悩んできましたが、今回は本気です。二度とシナリオは書きません。どこかの塾の講師の仕事でも探してみようかと思ってます。公募にも出しませんでした。出してもどうせだめだったでしょうけど……」

「だめだとしても出せばよかったのに。物書きは書かなきゃいけませんよ」

ムインがスランプから抜け出して再びペンを握るには、相当な勇気が必要だったことを知っていた私は、励ますように言った。返事の代わりに、ムインは口を堅く閉ざしたまま、ケータイを取り出して私たちに見せた。動画が再生されている。この間公開されたばかりの映画の試写会の映像だ。トップ俳優たちと監督が出てきて舞台挨拶をする。その後ろには、かっこいいアクション映画のポスターが大きくかかっている。テレビの芸能情報のコーナーでよく見るイベント紹介の映像で、何の変哲もないもののように見えた。ナムンおじさんが訳がわからず尋ねた。

「これは何？」

「これ、俺のです……」

ムインがつぶやいた。

「どういうこと？　もうちょっと詳しく話してくれないとわからないよ」

ナムンおじさんが促すと、ムインの口元が苦笑いで歪んだ。

「二年前にあるシナリオ公募があったんです。巨額の懸賞金を懸けて大きく広告されていて、俺もそこに作品を出しました。結果は〝当選作なし〟でした。しばらくしてこの映画が製作されるという話を聞きました。そのあらすじが、俺のとまったく同じだったんです」

「著作権登録とかしてないんですか？　最近は著作権委員会があるから、簡単には盗作できないと思うんですけど」

「しました。シナリオの公募に出して数か月経った時です。だから映画会社に電話をかけて、自信を持って抗議しました。しかしあっちも著作権登録をしたと言うんです。見ると、数日の差であっちが先でした。俺のは一〇〇枚のシナリオ一冊分ですが、あっちはたった三ページのシノプシスで登録してました。まさかと思いました。あらすじを構成する要素が似てるだけかもしれない、きっと偶然が重なったんだろう。そしてそのまま忘れていました。ところが昨日映画を見たんです」

そこまで言ってムインは話を止めた。すでに彼は泣いていた。

「まったく同じでした……台詞も同じで、設定も、小道具まで全部です」

「落ち着いて。何とかなるよ」

ナムンおじさんが気の毒そうに彼を慰めた。

「いいえ」

ムインの声が深く沈んだ。

「この映画のメインスポンサーがどこだと思いますか？　DMです。韓国で一番大きな劇場チェーンを持っているDMなんです。映画の話で、大企業が関わっているとなると、こっちには勝ち目がないということです」

DM？　唾を吞み込んだ。これはもう他人事ではなかった。

「とんでもないことです。絶対に方法はあるはずです。今の世の中を見てください。大きいからと言って強引に力で押し通すことなんてできません。彼らがびくともしないなら、掲示板だってあるし、SNSもあるし、抗議する窓口は数え切れないほどあります」

私は何とか希望を吹き込もうとした。

「抗議したからといって意味があると思いますか？　こんなことは今までに数え切れないほどあります。証拠を突きつけてホームページとか掲示板とかSNSに投稿したところで、この世にまったく新しい話なんてないという返事が返ってきますよ。登場人物の名前を変えて、トーンも変えて、話の前後を入れ替えて、別物だと主張するでしょう。世に出た作品が一つもない無名作家が、妬んで何やら騒いでると言われるだけです。もしあとから俺が作品を発表したら、その時はこっちが盗作したことになっちゃうんです。それが俺の置かれた立場です。奪われても取り戻せないし、自分のものなのに自分のものではない。俺はただ、いない人なんです……」

いない人。胸の奥から熱い何かがこみ上げてきた。そう。いない人だ。いつも叫んでいるのに、いない人だ。水面の上に浮かんでいなければ、いない人だ。半地下の部屋に住んでいればいない人だし、ドアの外に出なければいない人だし、人生のゲームに負けたらいない人だ。胸が痛かった。私は今までいったい何をしてきたのだろう。彼らと付き合っている間ずっと、私はここから抜け出すためだけにもがいていた。むやみやたらに空振りをした末に漁夫の利で正社員になり、今度はほかの会社に転職する準備をしている私は、ムインの言葉に後ろめたさを感じた。DM本社が私に採用を提案していたとしたらどうだったろうか。二つ返事でアカデミーを去って、二度と彼らと連絡を取らなかっただろう。そしていとも簡単に、運が向かないのは努力しないからだと、それ以外の理由はまったくないと考えただろう。私は、ムインをこんなふうにしてしまった現実の、隠れた共犯者だった。

「抗議しに行きましょう。黙ってたらそれが当たり前だと思われます。黙ってたら、それでいいものとして扱われるんです」

私はそう言っていた。その声は次第に大きくなった。ついこの間までゴンユンの影を十数年間引きずって生きていた私だ。それを振り払うのにどれほど大きな勇気が必要だったたか。私の勢いにムインとナムンおじさんが驚いたようだった。ナムンおじさんがうつむいた。

「それで何が変わるの？　ハン議員、覚えてるだろ、今もピンピンしてるよ。この前、朝のトーク番組に出て、市場を回ってたら卵をぶつけられた話をしてたんだ。何でもないことのようにげらげら笑ってたよ。パネラーたちはおお、とか言いながら気の毒がってハン・ヨンチョルの肩を持って、彼らが存在も知らない僕たちはすっかりモンスター市民だよ。言ってなかったけど、実はそれを見ながら絶望してたんだ……僕たちがやったことは何だったんだって悲しくなったよ」

おじさんの声が、力なくかすれた。

「それが何だって言うんですか。少しでも良心があるなら反省ぐらいはしたでしょう。時間が経って反省が薄れて、また同じようなことを繰り返すようなら、もう一度思い出させてやればいいんです」

私は負けじと言った。

「たとえ今すぐ何かが変わらないとしてもです。ただ黙ってはいないということを何度でも見せてやるべきなんです」

今のままの生き方ではいけない……私たちはその命題一つで遊んできた人間だ。これまでがいたずらで遊びだったとしたら、今回は本気の対決だった。ばれないように、関係のない不特定多数のために行動したのとは違って、今度は仲間のためだった。みんなの顔に迷いの色が浮かんだように見えた。しかし、その迷いはすぐにはっきりした意志に変わっていった。

でも結果的に、その時は迷いの声に耳を傾けるべきだったのかもしれない。私たちは失敗する計画を立てていたのだから。

映画は公開数日で観客動員数が軽く五百万人を超え、興行成績は断トツトップを走っていた。相談の結果、私たちは目標と段取りを固めた。

＊

ＤＭのホームページには、映画の舞台挨拶の日程がすべて掲載されている。数日後に、ソウルで一番大きい劇場で、五百万人突破を祝う盛大な舞台挨拶が行われる予定になっていた。その舞台こそ、私たちが上らなければならない場所だった。私たちの目的は、その映画の公開を中止させることではない。俳優とスタッフたちが苦労を重ねて完成させた作品をぞんざいに扱うことはできない。誰も上れるなんて思ってもみなかった舞台に上って叫ぶこと。それが私たちがすべき行動だった。しかし、当日が近づくと、肝心のムインとなかなか連絡がつかなくなった。

「それにしても、ムインさんはどこで何をしてるんだ？」

ナムンおじさんがムインに電話をかけ続けたが、ムインからは応答がなかった。ギュオクも首をかしげた。実行前の最後の夜になってもムインと連絡が取れず、私たちは焦ってきた。

ムインが現れたのは、ずいぶん遅くなってからだった。顔色が青ざめていた。しばらく黙っていた彼が口を開いた。意外な言葉が飛び出した。

「やめてもらいたいです」

なぜかと聞いたが、ムインはすぐには答えなかった。ただ、自分にも落ち度があるから事を大きくしたくないとだけ繰り返した。彼の顔はこれまでになく暗かった。

「どうせ変わりませんよ」

彼は力なく付け加えた。ギュオクがムインの両手をとった。

「一つだけ確認したいんですが。彼らがムインさんの作品を盗用したという話、ムインさんの勘違いだったんですか？」

「いや、それは事実です……」

ムインはうつむいたままつぶやいた。その瞬間ギュオクの目に力が入った。

「それなのに、何もせずに負けてしまうんですか」

「説明はできません。ただ、俺はできないということです。どうせ何も変わりませんよ……」

ムインは同じ言葉を繰り返し、先に帰って行った。残された私たちの間に、ぎこちない空気が流れた。

「本人が嫌だと言うのに、僕たちが行かなきゃいけないのか？」

ナムンおじさんが訝(いぶか)しげに尋ねた。

「これは一人のためではありません。誰のためにやるというのではないんです。僕たちは行きます。いえ、僕は行きます。たとえムインさんが来なくても」
ギュオクが言った。その目つきを見ると、とても反対できそうになかった。
そして、その日を迎えた。

＊

その日、私たちは夢のような場面を作り出した。人生で二度とできないことを、私たちはやった。私の人生で最後にピュアだった瞬間。長かったわけでも、大がかりだったわけでもない。ただ、短い無声劇が繰り広げられただけだ。

舞台は暗く、何も置かれていなかった。そしてとても広かった。俳優たちが笑顔で登壇し、年配の監督が舞台挨拶をした。俳優たちが観客の声援にありがとう、と何度も頭を下げる。舞台の前は大砲のようなカメラを持った記者たちでいっぱいだ。私たちは記者たちの間に紛れ込んでいた。舞台の上で一人ずつマイクが渡っていくたびに、体に緊張が募る。ついにセンターに立つ男性俳優にマイクが渡された。彼が光化門(クァンファムン)でブレイクダンスを踊るという突飛な約束をする。今だ。私たちは一斉に階段を駆け上がった。私とギュオクは左から、ナムンおじさんは右から。ナムンおじさんが俳優からマイクを奪った。私は後ろで、〝DMは謝罪しろ〟と赤いマジックで大きく書いた横断幕を広げた。

　ナムンおじさんがたどたどしく口を開いた。

「これは、この……映画は……」

　大勢を前にして、ナムンおじさんは凍りついてしまった。声は消え入りそうで、言葉はまともに出てこなかった。時間がない。ギュオクがさっとマイクをひったくった。

「この映画はＤＭの作品ではありません。私たちはＤＭに作品を奪われた友だちに代わってこの場に立っています」

　私も素早くマイクをふんだくった。体中が煮えたぎった。今更ながら告白するが、私はハム太郎のお面をつけていた。素顔ではとてもじゃないが、できないことだった。

「皆さん！」

　それが私が叫んだ最初で最後の言葉だった。マイクが切れた。私は大きな声でわあわあ叫んだが、力のないその声は、爆竹のように弾ける数万発のフラッシュの音にかき消されて、自分の耳にさえ届かなかった。突然羽でも生えたように脇の下がずきずきと痛んで、足がふわりと宙に浮いた。ギュオクが空中を飛んでいた。ナムンおじさんもぽっかり浮かんでいた。私たちは宙に浮いたまま舞台を降り、ホールの外に出た。次の瞬間、警備員たちは私たちを出口の階段の上に叩きつけた。誰かがとうとう私のお面を剝ぎ取った。私はあっという間に素顔で何百人もの人々と対面した。フラッシュがパンパンと焚かれた。こんなふうに主人公になったのは生まれて初めてだ。ホールの中から助演俳優の落ち着き払った声が聞こえてきた。名バイプレーヤーらしく、彼の機転はまさに後世の手本となるに値する。

「ありがとうございます。広報用に私たちが準備したイベントです。ちょっとひやっとしたので途中で切りました。演技の練習をもっとしたほうがいいですね！」

人生で初めて、私は有名人になった。「仮面男女」は六時間ほどインターネットの検索ワード一位となり、ほんの三、四時間のうちに三人の身の上が丸裸になった。有名税は四十時間ほど続いたが、すぐにもっと深刻な別のニュースが報道されたので、二日と経たないうちに、私たちは旬の過ぎた一発屋のようにメインから外れていた。

19　遠くの他人

夜が明ける頃、私たちは全員解放された。夜のうちに映画会社の社員とＤＭから派遣された広報担当者が訪ねてきた。私がＤＭの関連会社の正社員でギュオクはインターンということを知った彼らは、嘲笑の混じった顔を見合わせた。しばらくしてもう一度やってきた彼らは、「就業規則に則った処理」をすると念を押して帰っていった。

留置場で食べるご飯はまずかった。噂通りご飯には豆が入っておらず[35]、くたくたになったほうれん草が入っただけのスープは何度同じ出汁を使ったのか、しょっぱいだけだった。と言っても、私たちはそこでたった一晩過ごしただけだ。警官がちっちっと舌打ちをして、「そんな生き方をするもんじゃないよ」とつぶやくと、ナムンおじさんはまたかっとなって飛び掛かるところだったが、ギュオクがなんとかなだめて、更なる騒動は起きなかった。

夢を見ているような一夜を過ごして外に出ると、ようやく夜が明けたばかりの街は青く、ほの白かった。この世で一番遅い夜、あるいは一番早い朝。誰も何も言わなかった。長い沈黙を破って、ナムンおじさんが同意できる提案をした。

「ヘジャングク屋[36]でも行こう」

私たちは黙ってソンジ（牛の血を固めたもの）とシレギ（干したダイコンの葉）をすくい上げた。いつもなら酒の一杯でも頼んだだろうが、誰もそうしようと言わなかった。みんな何かが終わったということがわかっていた。実は、前日にムインが先に席を立った時、それはすでに予見されていたことだった。食堂の壁にかかったテレビには、朝のジョギングの有害性に関する情報番組が流れていた。チャンネルを変えると、ニュース番組をやっていた。ＤＭが投資・配給した映画がすごい勢いで興行記録を塗り替えているというニュースだった。テロップには、俳優と監督が観客に向かって頭を下げて挨拶をしたと出た。続いてニュースキャスターが表情を変えずに、仮面男女が乱入騒ぎを起こした、と報じた。誰かがケータイで撮った映像なのか、私たちの顔がモザイク処理されて、激しく揺れる画面の中にちらちら映っていた。遠くから見た私たちの行動は、想像していたよりあっという間で、馬鹿げていて、情けなくて切なかった。

「電波に乗ったな」

ナムンおじさんが力なく言った。私はギュオクに目をやった。彼はうつむいたまま、じっと何かを考えているようだった。場面が変わって、誰かの顔が画面いっぱいに映った。

「ちょ、ちょっと、あれ……」

ナムンおじさんが叫んだ。そこにムインがいた。野球帽を深くかぶって顔はよく見えなかったが、いつものムインだった。彼が何の感情も入っていない表情で言った。

「誤解があったようで……」

インタビューは、ちょうどそこまでで、あとはキャスターが説明した。問題の作家は、素材が重なっただけで自分のものが勝手に使われたわけではなく、事情をよく知らない人が出てきてこのような事態を起こしたことは残念だ、と語ったと。最後に、笑顔の俳優たちが、蜂の群れのように集まった観客たちの前で手を振って挨拶する映像が映し出された。私たちは冷気が上がってくるへジャングク屋の床にお尻をついて座り、まったく違う世界の人たちを見上げているだけの、遠くの他人にすぎなかった。

*

ジファンがポケットに手を突っこんだまま、足で床を叩いている。その後ろに母と父が立っていた。半地下の部屋であることをその目で見ても、両親は何も言わなかった。母はあたふたとお膳を用意した。日も入らない狭苦しい部屋で、家族全員がお膳を囲んでご飯を食べた。そういえば、四人で一緒にご飯を食べるのは何年かぶりのことだった。そのきっかけが申し訳なくて、顔を上げられなかった。気が乗らないまま箸を持つと、お膳の真ん中に置かれた白い豆腐[37]が目に入った。それを見ると、涙を溜めながらも笑いが込み上げてきた。我慢できなくなった父が箸をぴたりと止めて、さっさと食べろと怒鳴り声をあげた。

両親とジファンは特に何も言わず、その日の夜、帰って行った。果樹園を丸ごと家の中に入れたみたいに、部屋じゅう梨やリンゴでいっぱいだった。それが、両親が残していったものだった。自分は何の実も結べていないのに、いまだに両親が苦労して育てた果実を食べさせてもらっていることが申し訳なかった。

休(ヒュー)に電話をかけて、働けなくなったと伝えた。代表が驚いたようになぜかと聞いた。私は自分が活躍した動画のリンクを貼ってメールで送った。

「私もクレイジーなんです」

彼から返事が来ることはなかった。少し後に届いたメールは、別の人から来たものだった。

――みんなに言いたいことがあります。

ムインだった。

*

私たちの最後の集まりは、最初の会合があったビヤホールで行われた。みんな沈鬱な顔で大団円の幕が上がるのを待った。ムインは約束の時間より少し遅れて現れた。いつも見てきた姿だったが、何かが違っていた。表情が、雰囲気が、そして彼の属する世界が。彼はもう、私たちにとって見知らぬ人だった。ムインは、席に着いたとたんに酒をあおった。

「人として、どうしてあんなことができるんだ」

ナムンおじさんが怒りを押し殺すように言った。

「僕がアップしたモッパンにどんなにひどい悪質なコメントが付いたって、ここまで馬鹿にされた気分にはならなかった。三流人形劇の操り人形になった気分だよ」

瞬く間に危うい空気に包まれた。私だけでも冷静にならなければならなかった。いや、冷静になる必要もなかった。私の心はすでに冷え切っていたから。私はビールも飲まなかった。お祝いでも悲しみでもないことのために、自分の体にアルコールを流し込みたくはなかった。私は腕を組んだまま静かに言った。

「最低限、どうしてあんなことになったのかは聞かせてもらわなければならないと思います」

ムインが生唾を呑み込んだ。

「俺ははっきりやめろと言いました。どうせ変わらないって。そして俺は望んでいないとも。それなのにあなたたちは、結局やりたいようにやりましたよね。みんな満足ですか？」

強い口調で言おうといきり立っているわりに、彼の声はひどく震えていた。何かしでかしてしまいそうで、私は彼の顔を直視できなかった。しかし、ギュオクはムインをまっすぐに見据えた。ギュオクはグラスを一気に空けると、嘲笑を浮かべてつぶやいた。

「金……」

「うん？」

ムインがぱっと顔を上げた。

「金もらったでしょ？」

ギュオクが平然とした顔で言葉を続けた。

「今朝、DMの関係者が訪ねてきました。署名しろと文書を差し出して言ってました。作家とは事が起こる前に、すでに話はすべてついていたと。あまりにもありがちでまさかと思ったけど、これはちょっと悲しいですね」

ムインが首をかしげてそら笑いをした。彼はチェ・ゲバラのTシャツを着ていた。ギュオクがムインをまっすぐ見て声を荒らげた。

「あなたはそういう人ですよね。何をした人なのか知りもしないでチェ・ゲバラのTシャツを着て、自分の作品が盗用されたのにわずかな金で売ってしまい、真実を真実でないとねじ曲げる臆病者だ」

ムインがいきなり立ち上がった。

「そうでしょうか。よく考えてみてください。あなたこそ、ろくにひもじい思いをしたこともなくて、苦労知らずなんじゃないの？」

すごく興奮しているのか、ムインの口調はだんだん険悪になっていった。

「最初は何の疑問も持っていなかった。面白くて意味のあることをしてる気分でしたよ。でもある日、通帳にケータイの料金を払う金も残ってないのを見てはっと我に返った。そして疑問を抱いたんです。あの男はなぜいつもあんなに余裕しゃくしゃくなんだろう。どうしてあんなふうに人のことを品定めしてる暇があるんだろう。それでちょっと調べてみたんだ、あなたについて。それで何がわかったと思う？　父親は大病院の偉い医者で、父親の家はまあ、普通の人は一生働いても住めないような所だったよ。文句を言ってもしょうがないとわかってはいるけど、それを知って相当不愉快だったよ」

ムインが生唾を呑み込んだ。ギュオクは頭が痛いとでもいうように、頭をしきりに左右に振った。

「これはまた、何の連帯責任ですか。そんなことは僕と何の関係もない話です」

「関係ないって？　毎度挫折して、利用されながら、俺が何を考えて生きてきたかわかるか？　それもこれも、自分に金も力もないせいだと考えてたんだよ。いつか成功したら、俺を見くびった奴らの鼻をへし折ってやるって毎日誓ってた。周りの人間や自分の運命を呪い、資本の力、世の中の不条理を罵ってきたんだ。そんな気持ちでいるうちは、みんな仲間ですよ。でもそこに肉の塊一つでも投げ入れられると、みんな我先にと飛びついて簡単に変わってしまう。なぜだろうと思ってたんだけど、ある時わかったよ。成功するのはあまりにも難しいからなんだ。世の中っていうのはそういうものなんだよ。たまたまその時うまくいったと思っても、結局また元通りだ。あんたはそんな世の中のことを少しはわかっているのか？」

ムインが声を張り上げるように言った。ナムンおじさんもうなだれた。

「カッコつけるな。あんたは誰かを品定めしたりみんなを煽動する資格なんてない。俺たちはガツガツと生きていくための争いをしてるけど、あんたは全部持って生まれたじゃないか。それなのに権威だの遊びだの、こっちが遊ばれたみたいですごく気分が悪い。あんたには死ぬまでわからないよ。ただ工場見学するみたいに一度やってみて、適当なところで、あ、違うなと手のひらを返して、上の方で羽振りよく暮らすんだろうから。おまえはさ、何者でもないんだよ。おまえはただのニセモノだ」

　ドン。ムインが床にひっくり返った。ギュオクがいつの間にか立ち上がっていた。

「薄っぺらいな、あんた……」

　言ってはいけない言葉が飛び交った。一度は友情と連帯意識を持って何かを一緒にやった人たちの間で、口にしてはならない言葉。互いが骨の髄から違うということを、初めから同じわけがないということを露骨に示す表情。力の限り相手を攻撃し、痛めつける振る舞いが、一度は仲間だった相手に容赦なく投げつけられた。果てしなく無残な現実だった。

　気がつくと、私は家に向かって歩いていた。酒を一滴も飲まなくても酔えるというのは、こんな感じだろうと思った。その場がどうやって終わったのかも覚えていない。罵声が行き交ったのか、誰かが拳を振り回したのか、そして結論がどうなったのか、すべてが夢の中の出来事のように朧げだった。脚が震えて、耳には微かに金属音が聞こえた。

　人混みに紛れてしばらく彷徨った末に、なんとか家の前にたどり着いた。来月にはこの家の契約期間も終わる。新しい家を探さなきゃ、思わずそう口に出して言った。

　もう彼らと関わりたくなかった。自分の中だけで。自分のためだけに。世の中などどう回ろうが、そんなふうに生きたかった。

　ただ、ギュオクを思い浮かべると、心の踏ん切りがつかなかった。彼との短いロマンスの場面が浮かんだ。胸がちくちく刺されるようにうずく。大した仲でもないじゃない。その言葉を、心の中で一語ずつ噛みしめるように繰り返した。それでも足りなくて、自分宛のカカオトークに書いた。気が付くと、単語と単語の間に、なぜか呼吸を整えるように終止符が打たれている。

大した。仲でも。ないじゃない。

すると、しばらくは本当にそう思えた。でもやっぱりつらい。失恋の傷ではなく、いろいろなものが混ざった苦しみ、あるいは密かな自責の念だ。ギュオクとのキスをやめたあの夜に行き着く後ろめたさ。あなたは素敵な人だけど、あなたとは未来を共にすることができない、というつまらない自己防衛あるいは虚栄心。自分も一緒にやった行為について、いつも迷っていたにもかかわらず言い出せなかった不実。それを鏡遊びしているように、一時（いっとき）は仲間だったムインの中に見るという皮肉……。

　ひょっとしたら最初から心の中ではわかっていたのかもしれない。こんなことをしたって世の中を変えることも、亀裂を起こすこともできないということを。ただ私は、それを口に出すことができなかっただけだ。浅はかな本音をさらけ出すには、勇気がなさすぎた。そう考えると、あの、底まで抉（えぐ）り出したムインは、私よりは正直なのかもしれない……。

ケータイが鳴った。出なかった。私が思った人からの連絡だったのだろうか。そうだとしても怖く、そうでないとしても怖かった。しばらく鳴り響く電話の音が間遠になったと思ったら、突然目の前に誰かが立っている。ギュオクだった。やつれて見えた。もともと白い顔はほとんど青ざめていて、瞳も青白い光をたたえていた。そんな見かけとは裏腹に、爽やかな柔軟剤の匂いがふんわりと鼻に絡みついた。そうだ、私はこういうところが好きだったんだ。一つにまとまらない彼の姿が。まったく気を使っていないように見える服装から爽やかに漂ってくる柔軟剤の匂い、ぼさぼさの頭と不釣り合いな白い手などが……。酒のせいか、彼の頬は赤くなっていた。

「ジヘさんにだけは聞いておきたいことがあります。本当に僕が、ニセモノだと思いますか？」

ギュオクが体を揺らしながら言った。私はギュオクをじっと見つめた。彼の純粋な目を、飾らない表情を、私を抱きしめてくれた胸と、私の手を取って勇気を吹き込んでくれた手を。

「いいえ」

私が言った。

「ただ、私はあなたの世界の中にとどまることができないだけです」

ギュオクがぷっと噴き出した。おかしくもない話に肩を小さく揺らして笑っているその顔を見ると、怖くなった。彼をもっと好きになりそうで、とんでもない世界に危うく落ちていきそうで、後悔しそうで。でも、おかしなことを言ったのはギュオクの方だった。

「ひょっとして誤解してるんじゃないかと思って、言いたかったんです。僕、ジヘさんが好きです。すごく」

「どうしてですか?」

あり得ない。そう思いながらも、私は弱々しく聞いている。

「どうしてかって?」

ギュオクが笑った。そして無邪気に付け加える。

「かわいいから」

呆れて息もできないのに、彼は続ける。

「仕草もかわいいし、熊だとはっきりわかってるのに狐のふりする[38]のもかわいいし、そしてなによりも正直だから。自分では全然そうじゃないと思ってるようだけど、やることなすことすべてに心が表れてるから……」

私は頭を激しく振った。そら笑いが飛び出し、目には水気が溜まった。別の日だったら、あの夜みたいな時だったら。もしそうだったら、たまらなく甘かったかもしれない。しかし今更聞くには、あまりにも虚しい告白だった。このあり得ないタイミングが腹立たしくて、涙が出た。

「キム部長が辞めてから、僕もいろんなことを考えるようになりました。こんな遊びは単なるいたずらで終わるんじゃないかと、疑念が湧いてきました。たくさん悩みました。そして卵で岩を打って[39]でも、もう少し中心に入り込みたくなりました。これまでとは本質的に違います。それが本当に現実になるまでにはちょっと時間がかかるだろうけど、ジヘさんにはその話をぜひ聞いてもらいたいんです。なぜかというと……」

　早口で言おうとするあまり、ギュオクはつっかえつっかえ言った。

「いいえ、やめてください、どうか」

　私は彼の言葉を遮った。

「恥ずかしいけど、告白します。私もムインさんと同じです。私は、勇敢な人間ではありません。そんなふりをしてみたいから、ちょっとの間現実を忘れられるから、素敵な人になったような気分になれるから、一人は嫌だから、それで仲間のような振りをしていただけです。心の中はいつも迷いでいっぱいだったし、いつかばれるんじゃないかとすごく不安だったんです。虚勢を張った偽善者になったみたいで、とてもひどい気分だったんです……今更だけど、正直に言えてすっきりしました。自分のことをしっかり考えて生きていきたいんです。だから、だからもうお願いだから、私が自分の道を行けるようにどいてもらえますか?」

　静寂が流れた。ギュオクは、ゆっくりと体を回して道を空けてくれた。私はその間をすり抜けた。彼と、彼らと共にしたその恥ずかしい記憶を早く過去にしてしまいたくて、足が次第に速くなった。地面はどんどん後ろに退いていき、彼と私との間で起こったすべてのことは、過去の消失点の中に吸い込まれていった。

その日、何かが大きく変わった。そして、何かが永遠に幕を閉じた。これまで生きてきてさまざまな終わりを経験したが、こんな最後は初めてだった。ほろ苦いという言葉では表現しきれない、ふっと力が抜けていくような終わりだった。結局は騒動としか呼びようのない私たちの冒険は、こうして終わった。

*

何も持っていなくても、すべてを清算しなければならない時がある。すべてを消し去って、たった一人になって沈潜する時期が。青春の甘ったれた戯言(たわごと)だと言う人もいるだろう。でも、本当にそうだった。一人でご飯を食べたり映画を観る、そういう一人ではなく、本当に一人になる時間が必要だった。言い訳させてもらえるとすれば、「誰でも一度はそんな時がある」という、誰が言ったのかもわからない言葉。私にとって、それが今だった。

月曜日にユ・チーム長に仕事を辞めると伝えた。彼女は私の肩に手を置いただけで、何も言わなかった。もうすべてを知っているような表情だった。あんなに気負って入ってきて、ドラマチックな展開で正社員になったのに、一言の言葉、一枚の紙で終わりだ。大抵そうだ。終わりは簡単で、早くて、突然だ。そして、いつも来るべき時にやって来る。

ギュオクの姿は見えなかった。ユ・チーム長が彼に挨拶をして行きなさいと言ったが、そうしなかった。事務室を出る前、空いている私の椅子を見た。私がいなくなった後、あの椅子に誰が座ることになるかちょっと想像してみた。いずれにしても、もうそれは私の椅子ではなくなったのだ。私がドアを出た瞬間、そこが私の席だったということは永久に証明できなくなった。

街の様子は少しも変わらなかった。私が社会的に物議を醸す事件を起こし、留置所で夜を明かしたことは、誰の関心事にもならなかった。取るに足らなくてよかった。それが取るに足らないのは、もっと無残でもっと悲しくてもっと刺激的なことがこの世の中で起こっているからだった。そっちの方に視線が向けられるので、平凡な人たちのドラマはたちまち忘れられてしまう。

バスに乗った。ラジオから聴き慣れたメロディーが流れてきた。ギュオクの家で聞いた〈Blue room〉を、ハミルトン・シスターズがまったく違ったふうに歌う。その無邪気なまでに速いテンポと陰のない愉快さが、あの日の秘密の感情はすでに全部蒸発してしまった現実が、つらかった。

*

アカデミーに荷物を整理しに行った日、ユ・チーム長が私に小さなプレゼントをくれた。青地に赤い頰(ほ)っぺの女の子が笑っている。幸運を祈るマトリョーシカだ。結婚する前に行ったロシア旅行で買った思い出の品だということだった。

「でも、どうしてそんな大事なものを私に下さるんですか?」

「私なりにあなたに愛情があったのよ。だから幸運を祈るわ。生きていればいずれわかるよ。誰でも心の奥底に、いろんな姿をした人が何層にも重なってたくさん入ってるってことを」

ユ・チーム長が真剣な顔で言った。私は彼女の手を柔らかく包むように握った。

「私からもチーム長にお見せしたいものがあります。告白と言ってもいいかもしれません」

私たちはアカデミーの外に向かい、まっすぐに私の秘密の逃げ場だった団地の中の公園に行った。風が吹いてきて、枯れ葉が地面を渦(うず)になって舞っている。片隅に置かれた誰もいないベンチを私は指さした。

「ご紹介します。ジョンジンさんです」

ユ・チーム長は、何を言っているのかわからないというように、周りを見回した。

「私の目にだけ見えないのかな？」

私はいたずらっぽく答えた。

「優しい人にだけ見えます」

後頭部を殴られたようにぽかんとしていたユ・チーム長の顔に、笑みが広がり始めた。

「まさか私が、見えるって嘘でもつくと思った?!」

私たちは笑い、私はジョンジンさんの誕生について正直に話した。ユ・チーム長は拍子抜けしたようだったが、うなずいた。もう一緒にいる理由がなくなってはじめて、私たちはお互いを少し理解した。

20　空白のチャプター

ディアマンアカデミーに勤めていた時間は、もう懐かしいエピソードに過ぎない。あの永遠のように思えた日々は、そこを出た瞬間過去になって、「あの時」という言葉に置き換えられた。その後しばらくの間、何も起こらなかった。私の人生を一冊の本にまとめるとしたら、そのチャプターは全部白紙だ。白紙だけど、本文の中に入れておきたいチャプター。そんな時間を過ごした。

ナムンおじさんとはメッセージを何度かやり取りしていたが、そのうち連絡が途絶えた。首都圏のどこかで、新しくうどん屋を出したと聞いた。今は、食べる姿を他人に見せる代わりに、自分が作ったうどんで喜ぶお客さんの顔を見ているといいなと思った。

ムインは、タイトルがユニークだったのでたまたまクリックしたウェブコミックのストーリー作家として活動していた。ウェブコミックのタイトルは『ゴム人間の最期』ならぬ『ゴム人間の反撃』。まだ成功でも失敗でもない、細々と書き続ける人生を送っているようだった。私が評価することなんてできない人生だ。彼の人生が長く粘り強く続きますように。

　ゴンユンは本をもう一冊出したが、以前ほど人気を呼ぶことはできなかった。彼女は結婚後、パワーブロガーとして有名になった。協賛した化粧品やブランドのバッグ、ホテルでの食事や海外旅行の記事でいっぱいのブログだった。公開している彼女の日常が本当に豊かなのかどうかは、知るすべがなかった。確かなのは、もう彼女が私に何の影響も与えることはないということだけだった。


　私はポートフォリオをまとめて小さな会社に再就職した。その会社は、なんとあの「休（ヒュー）」だった。

「平凡に見えても、よく知ればクレイジーじゃない人はいないんです。私たち、一度は一緒に仕事をする運命のようですよ」

　私を面接したチェ代表が言った言葉だ。

　遺伝子編集とマジックみたいな３Ｄプリンターの技術、ドローンの日常化を目前に控えた第四次産業革命の草創期の今、もっぱら人間の汗と筋肉で何かを作り出す木工を生業（なりわい）とする人たち。休（ヒュー）の大工たちは、ベビーベッドから作業用スタンディングデスク、各種インテリアの小物まで、創造的で美しい作品を作った。私は与えられた使命通り、大工たちにさまざまなコンテンツを提供し、トレンドの方向を研究した。

休は、一時期危機に陥ったりもしたが、どうにか乗り越えて代表は徐々にビジョンを広げていった。彼は、大工だけでなくいろんな分野のハンドクラフトアーティストたちを迎え入れて支援した。手作業を芸術と考える哲学のおかげでできることだった。

そして私は今や、小さな部署で職員三人と一緒に仕事をする三十三歳のチーム長になっている。相変わらず私の前には仕事が山積みだ。仕事をやっていると、自分の個人的なことを考えるのはいつも後回しになった。睡眠不足が続き、目を覚ますためにコーヒーを飲んで、また夜眠れなくなるという繰り返しだった。そのモチベーションが給料だというのは、悲しいけれど現実だった。

ときどきくたびれたり落ち込んだりすると、ウクレレを爪弾いた。ナイロンの四本の弦が、優しく癒してくれる。みんなの前で歌ったその曲のリズムは、今も指先に残っている。その歌を歌うといつも同じ顔が思い浮かんだ。そんな夜は、宿題のような質問が心を苦しめた。

ギュオクについて最後に聞いたのは、彼が某企業に就職したという話だった。これで彼の暮らしもちょっとは安定した、よかったと思いながらも、どこかがちくちくと痛かった。遊びを通じた亀裂。亀裂を通じた変化……。そんなことがそもそも可能だったのだろうか。ギュオクがしようとしていたことは、いったい何だったのだろう。ただ抑えつけられた自我を噴出させる、子どもっぽいいたずらだったのか。そんな疑問が浮かぶたびに、直ちに考えるのをやめる以外になすすべがなかった。それが、今でもときどき、ずきずきとうずく私の心を守る唯一の方法だった。ジファンの言う通り、世の中を変えようなんて考えずに決められた道の上を安全に歩くこと、それが最も現実的な生き方だった。でもなぜかそうしたくなかった。失敗に終わったあのいたずらのような遊びを思い出すと、正体のわからない渦がしきりに胸をかき乱した。そしてしばらく経ってから、私は自分に診断を下した。私は多少なりとも世の中を変えたいと思っていると。しかしその方法がつかめそうでつかめなかった。

そしてある日、私はちょっと妙な結論にたどり着いた。答えはジョンジンさんが持っていた。

*

半地下の部屋を出て別の町に引っ越して少し経っていたが、たまにバスに乗って帰るときは、ディアマンアカデミーがあった場所を通り過ぎた。先日、ディアマンアカデミーが無くなった。私が最後に見たのは、巨大な機械が建物を崩しているところだった。あちこちに見苦しい鉄筋が突き出ていて、きらきら光っていた広告塔はただの廃棄物になって地面に転がっていた。役に立ちそうもない象牙の塔の代わりに、ＤＭは周辺の土地まで買い取って、よりＤＭのアイデンティティにふさわしい実用的で巨大な要塞を造った。その要塞の中が気になって、バスを降りて中に入ってみた。

映画館やショッピングモール、あらゆる種類のフランチャイズのショップが混じり合った複合文化空間だった。びっしりと空間を埋めた人々が、楽しそうに歩いている。大きくて便利で快適で金になる文化事業。しかし、本当にショッピングモールしか答えはないのだろうか。空間までも人為的に作り出してしまう発想に息苦しくなって、慌ててそこを出た。そこには、私のいた頃を思い出させるようなものは何ひとつなかった。

急に誰かに会いたくなった。道を渡って、慣れ親しんだ路地を曲がった。すっかり変わってしまった周囲に比べて、相変わらず団地の中は静かで閑散としていた。ときどき行き交う運動する人たちも、丸い空き地とそれを囲むすり鉢状の階段もそのままだった。いつも座っていた場所にゆっくりと腰を下ろした。

こんにちは、ジョンジンさん。元気だった？　気恥ずかしいような言葉をいくつか口に出してみた。不思議と温かい気持ちになった。のんびりと、日がゆっくり暮れるまでずっとそこに座っていた。何も変わっていないと思ったけれど、よく見ると、壁に絵も描かれていて、階段や芝生、花壇の草花もきれいに管理されていた。とは言え、特に使い道もなく遊んでいる空間であることに変わりなかった。その時、何かを企画したいという考えがふっと浮かんだ。

イベントを準備するのに、丸三か月かかった。なぜか気恥ずかしくて知り合いには知らせなかったが、準備が終わった頃、ある人に招待のメールを送った。その間に、世の中の別の所でもおかしな変化が起こっていた。

21　本当の、ホントの、私たち

最近のニュースは、大韓民国全体に広がった財閥の不正についての話題で騒がしかった。いったいどこが始まりでどこが終わりなのかわからない、財界の株価操作と談合、政界との癒着は、連日ニュースをにぎわせた。すべてのきっかけは、ＤＭ社をはじめとする同族企業の本社に勤務する、匿名の情報提供者による内部告発だった。

匿名の情報提供者が一人なのか複数いるのかは、誰にもわからなかった。噂によると、一人だという説もあり、多数が連携した同時多発的な告発だという説もあった。とにかく、彼あるいは彼らは真実に近づくために、ターゲットの企業にインターンとしてあるいは素性（すじょう）を隠して入り込み、上層部の秘書や運転手などとして働いていたという話も巷（ちまた）の噂として報じられていた。

彼、あるいは彼らは、収集した情報をある革新系メディアに継続的に提供し、メディアは綿密な取材によって提供者の情報の裏付けをして報道した。ニュース番組のキャスターは、聴聞会に二つ返事で出席する証人が続々と出てきたのは、その内部告発者のおかげだと説明した。彼らはインタビューに答えたり、身許を明かす代わりに、メッセージを残した。キャスターが静かにそれを読み上げた。

「これで世の中が変わらなかったとしても、私たちは歳を取ってから今日のことを思い出すでしょう。その時も変わらず、私たちが正しくないと思うことを批判できる社会であることを願っています」

続けて謎かけのような言葉だと前置きして、最後の二行を読んだ。

「あなたが座っている椅子があなたに何らかの権威を与えるかもしれませんが、忘れないでください。椅子は、椅子でしかありません」

最後の言葉が、聞き慣れたやまびこのように耳に響いた。私だけにわかる秘密の暗号が、どこからか送られていた。

*

円形階段の周囲に、人が一人、二人と増え始めた。知らない人が見たら、団地の住民か、たまたま通りかかった人にしか見えないかもしれない。次第に増えた人々は、飲み物や軽食を持って階段に場所を見つけて座る。しばらくすると、黒いタイツを穿いて全身を黒く塗った人たちが、舞台に上ってパフォーマンスを始める。彼らがやっているのは一種の影絵劇だ。沈み行く太陽を背景に、素敵な演技が繰り広げられた。短い劇が終わり、再び舞台は空っぽになった。突然一人の男がつかつかと舞台に出てきて、恋人のために歌を歌った。実力はそこそこだったが、周囲に座っている人たちは、軽く拍手を送った。

　舞台の前には小さな立て札が立っている。〈誰でも上がれる舞台。勇気を出して飛び込んでください。〉言ってみれば開かれた舞台だ。遊んでいる土地を調べ、怪訝な目で見る役人たちをいちいち説得して許可を得て、同時にクラウドファンディングで若干の広報費を集めた。

　誰でも舞台に上がることができる。歌っても、踊っても、ただ話をするのでも構わない。椅子の区別も、客席と舞台の区別もない場所。ぎゅうぎゅうに詰まった都会の中にぽっかり空いた丸い穴。それが私の企画のポイントだった。境界を崩して、意味のない空間に意味を詰め込んで、客席と舞台の区別なくみんなが参加する空間。都会の中にそんな空間をいくつも作りたかった。今日はその最初の日だった。

　思った以上に自発的な参加が続くなか、日はゆっくり暮れていった。夕日の赤さが大地を染めようとする瞬間だった。

　一人の男が、街灯に斜めにもたれて立っていた。太陽を背にしているので黒くて長いシルエットだが、その顔が私に向いているのがわかる。頭の上からセミの鳴き声が波のようにじりじりと押し寄せてきた。ぽかんと口を開けて空を見ている間に、街灯の下から人が消えていた。男がまっすぐ私に近づいてきた。そして、初めて会う人のように挨拶をしてきた。

「お元気ですか？」

すごく痩せていたけれど、澄んだ眼差しには一つの濁りもなかった。何事もなかったように、明るく答えた。

「はい、ギュオクさんは？」

「キム・ジへが何してるのか気になって来たんですよ。今もジョンジン（정진）さんと会ってるって噂になってたから」

ギュオクがパンフレットに書かれた文字を指差した。本当の（정말）、ホントの（진짜）、私たち。それがこの舞台の名前だった。私はちょっと笑った。

「初めはうまくいかないかもしれません。でも、ちょっと違うことをしてみたいんです。誰でも参加できて、舞台に上がれる場所。ひとことで言うと、決まった椅子のない場所です」

私がにっこり笑った。

「椅子、ああ思い出のあの椅子……」

ギュオクが額に手を当てて大げさな表情をした。

「ソウルの遊んでいる土地は、すべて開発しなくちゃいけないとは考えたくなかったんです。遊んでいる土地があるなら、たまにはそこで遊んであげなくちゃ。それに、これまでジョンジンさんを独り占めしてきたので、そろそろみんなにお返ししようと思って」

私がちょっと偉そうに言った。

「返すだなんて、無から有を創り出す度胸はすごいですね」

ギュオクは肩を震わせて笑った。そのたびに彼の口の奥の喉ちんこも拍子を合わせて動く。変わらない笑い方だ。

「どうやってお過ごしでしたか?」

「僕ですか? 僕はたくさんのものを得たけれど、また全部失ってしまいました。自分自身がそんなことができるのか、一度試してみたかったので、まあ成功と言うべきかな。でも、もうすっからかんですよ。信じてもらえるかわからないけど」

「あまり変わっていませんね」

「まだしばらくは変わるわけにはいかないようです」

彼は意味深な口調でそう言って、私に名刺を差し出した。ある会社の名前が書いてあった。

「だから結構苦労して再就職しました。変わるべきことがあるとしたら、まずきちんと知って、そのうえでそれを知らせることから始めなければならないというのが僕の結論です。どうせなら本当に成功してみたいです。それでも世の中が変わらないかどうか知りたいんです」

「前みたいないたずらは、もうやめたんですか？」

私は尋ねた。

「うーん、果たしてどうでしょうか？」

ギュオクはにやりと笑い、さっと階段を下りて舞台に上がった。彼の胸には、見慣れた楽器があった。やさしい旋律が耳をくすぐり、いつか聴いた曲がリピート記号で戻ってきて、初めてのようにそっと耳に入ってきた。いつか彼が私に聴かせてくれた、そして私が彼のために歌った歌だ。

歌に聴き入る人もいれば、関係なく談笑する人もいる。通り過ぎる車の騒音も聞こえてくる。もしかしたらそれは夏の終わりのありふれた風景に過ぎないのかもしれない。すべての音が均等に混じって、その空間の胎動のように響いていた。

私たちの目が合った。ギュオクの顔に微笑みが浮かんできた。私も眉をぴょこっと上に上げた。これは確かに仲間意識だ。人には内緒の、二人だけの仲間意識。私たちの顔には笑いが広がり、笑いはとうとう声になってあふれ出した。永遠に続く歌が始まったばかりだ。大地の上に赤い精気を思う存分に撒いた太陽はいつの間にか姿を消し、都会の上にゆっくりと夜が訪れた。

*

何度も何度も就職活動に失敗した頃、何としてもここだけは自分の席だと思って受けた面接だったのに見事に棒に振って出てきた日、とても明るい日だった。どこを見上げても大気が白く霞んで前がよく見えないのに、妙にまぶしくて目を開けているのさえ難しい日だった。そのうえ、雨が降った様子もないのに、地面は見渡す限り濡れていて、すごく非現実的な感じがした。

重い心を乗せてとぼとぼ歩いていたら、突然足もとに虹が出て、足を止めた。どこからか流れてきた油が小さな水たまりにたまって、きらびやかな虹の帯を作り出していた。形や色があまりに鮮明で、本当の虹よりも本物のようだった。その妙な美しさがなぜか心に引っ掛かって、油の膜が水面に広がる様子を見つめたまましばらく立っていた。雨が降った後、澄み渡った空に架かる虹だけが美しいわけじゃないんだな。何の事件も登場人物もいない、あの日の足もとの虹が、私の人生で真っ先に思い出すいくつかの場面の一つというのは実に皮肉なことだ。

私が宇宙の中の塵であっても、その塵がどこかに着地する瞬間、光を発する虹になることもあると、ときどき考えてみる。そう考えれば、あえて私が特別だと、ほかの人とは違うと、力を込めて叫ばなくても、私は世界で一つだけの存在になる。そう思うようになるまでにかなり長い時間と努力が必要だったが、少しばかばかしいどんでん返しがある。そんなに頑張らなくても、そもそれはいつだって事実だったということだ。

【訳注】

1　一九八八年就任の第十三代大統領盧泰愚（ノテウ）。退任後の一九九五年、前任者全斗煥（チョンドゥファン）とともに不正蓄財、光州（こうしゅう）事件での民衆弾圧の責任を問われ、懲役十七年（全は無期懲役）の判決を受けた（後に恩赦）。

2　一九七九年の朴正熙（パクチョンヒ）暗殺以後、実権を握った軍部を中心とした全斗煥政権に対する市民、学生らによる闘争が八〇年代に繰り返し起こった。八〇年の「ソウルの春」や「光州事件」、八七年「六月民主抗争」など。

3　ソウルオリンピック（一九八八年九月十七日〜十月二日）の大会マスコットの名前。モチーフは虎の子ども。

4　開会式で韓国の伝統遊びである鉄の輪・フープを転がしながら会場を横切るパフォーマンスをした少年。

5　韓国では一般に年齢は数え年で数える。数え年は生まれた年を一歳とし、以後年が改まるたびに一歳ずつ加えていく。数え八歳は満では六歳または七歳。本書でも年齢表記は原則として数え年とした。

6　列挙したものに順番を付けて区別するときに使う日本語の「あ・い・う……」に相当するハングルの「カ・ナ・ダ・ラ……」の三番目。

7　弘益（ホンイク）大学のこと。ソウルにある総合大学で美術学部が有名。周辺には若者たちが多く集まりサブカルチャーの発信地となっている。

8　月々の家賃のない韓国独特の賃貸住宅の契約方式（チョンセ）で、契約時に家主に支払うまとまった額の保証金のこと。契約終了時に返還される。不動産価格の上昇と金利の低下でチョンセ金の相場も年々高騰している。

9　皆で集まって話をしている場で、何も意見を言わないで黙っている人のこと。

10　江原道（カンウォンド）南西部にある市。ソウルから高速バスで一時間三十分。

11　机と寝るスペースだけの狭い部屋「コシウォン」と「ホテル」を合わせた造語。バスルームが共用のコシウォンに対し、コシテルはバスルームが部屋に付いている。

12　邦題『バッド・テイスト』。一九八七年製作のピーター・ジャクソン監督のSFホラー映画。

13　日本で言う小学校のこと。一九九五年に初等学校と名称が変わった。

14　IMF危機のこと。一九九七年、アジア通貨危機の影響で韓国ウォンの価値が急落し、十一月韓国政府がIMFに緊急支援を要請した事態。企業倒産、リストラ、失業者の発生など、韓国経済は重大な打撃を受けた。

15　IMF危機に際して政府の負債返済に充てるため、国民が所有する金（きん）を国に提供しようという運動。全国で三百万人が参加し、二十一億ドル分の金が集まったという。

16　本来の学校教育課程よりも先行した内容を学習すること。韓国では塾等の私教育で、自分の学年よりずっと先の内容を勉強するのが一般化して、問題となっている。

17　やがて来る神の怒りの前にキリストが再臨し、その時敬虔なクリスチャンは空中に引き上げられ主と会い、不死の体を与えられるというキリスト教（プロテスタント）の終末論。

18　韓国のSNS（ソーシャルネットワーキングサービス）。二〇〇〇年代には韓国最大のSNSだったが、二〇一九年にすべてのサービスを停止、閉鎖された。

19　二〇〇三年からKBSで放送された、中高生たちの夢や葛藤を描いた成長ドラマ。パンオリムは四捨五入という意味。

20　ラッパー、BIGBANGのメンバーG-DRAGONの本名。

ユ・アイン、イ・オンニム、ソ・ジョンミンはドラマの登場人物の名前。

21　朝鮮戦争（一九五〇～五三）で壊滅的な打撃を受けた韓国が、一九六〇年代後半から急激な経済成長を成し遂げたこと。

22　国家のために貢献、犠牲になったとして認証されている人。朝鮮戦争、ベトナム戦争参戦者も多く認証されている。法律に基づき支援が行われている。

23　一九三六年刊行のチュ・ヨソプの短編小説『アネモネマダム』の主人公。刑務所の夫の帰りを待っている喫茶店のマダムが、毎日訪れて自分を見つめる若い大学生との幸せな毎日を想像するが、店のモナ・リザの絵を見ていただけだと知り、後悔し店を閉じる。

24　二〇〇八年、米国産牛肉の輸入自由化への抗議をきっかけに、李明博（イミョンバク）政権の政策に抗議する若者、市民たちの集会、デモが三か月にわたって続いた。六月十日百万人ろうそく集会。

25　一九八〇年の「ソウルの春」、「光州事件」から、軍事政権に民主化宣言を約束させた八七年「六月民主抗争」に至るまでの民主化を求めて闘った市民、学生による運動。

26　韓国では十六歳以上の市民は住民登録証の携帯が義務付けられている。

27　韓国のアフリカＴＶという動画配信サービスでやり取りされるサイバーマネー。

28　昔、茶房（タバン）と呼ばれた喫茶店で客をもてなした女性。転じて、政界などでイメージアップや人気取りのために加えられた人物のこと。

29　昔ながらの小規模な個人営業の店舗が集まった市場。

30　「飴を食べる」はひどい目にあう、騙されるという意味で使われる表現。

31　行政職や外交官など高級公務員試験（高等考試）を目指す人のこと。

32　一九八七年の六月民主抗争のきっかけの一つとなった同年一月のソウル大生拷問致死事件のこと。当初、警察はショック死として拷問を隠蔽していた。

33　一九九五年六月ソウル市内にある三豊（サンプン）デパートが営業中に建物が崩壊し、死者五百人余りの被害を出した事故。
34　金を払って名前を付けてくれる所。赤ちゃんが生まれたときや名前を変えたいとき、陰陽五行説などに基づいて名前を付けたり、名前の漢字を考えてくれる。
35　刑務所に入ることを、韓国では俗に「豆飯を食う」と言う。現在は刑務所の食事は豆飯ではなくなっている。
36　ヘジャングクは二日酔いの解消に良いとされるスープ料理。牛の血を固めたものを入れたソンジヘジャングクや、干したダイコンの葉を入れたシレギヘジャングクなどがある。深夜や早朝から営業している店も多い。
37　韓国では刑務所から出所した人に豆腐を食べさせる慣習がある。
38　韓国では、女性のタイプを熊や狐に例えて言うことがある。熊はおっとりタイプを、狐はよく気が利くタイプを指すことが多い。
39　不可能で無謀なことという意味の諺。

作中に登場した曲

〈Body and soul〉 Benny Goodman

〈I'm beginning to see the light〉 The InK Spots and Ella Fitzgerald

〈Don't get around much anymore〉 Harry Connick Jr.

〈Blue room〉 Chet Baker

〈My foolish heart〉 Bill Evans

〈All of me〉 Frank Sinatra

〈The Blue room〉 The Hamilton Sisters and Fordyce

作者の言葉

どういうわけか、一年に二冊の本を出す。一年前の私を思い返すと信じられないことだ。この小説は二〇一五年の二〜三月、二か月の間に初稿を書いた作品だ。書いてから、すぐにほかの仕事をしなければならなかったので、しばらく放っておかれ、二十八だったジヘが三十になった今、ようやく誕生する。初稿を書いた時のタイトルは『普通の人』だったが、『一九八八年生まれ』というタイトルで賞をいただき、今、『三十の反撃』として刊行される。覇気あふれるタイトルだが、心配にもなる。三十歳を前にした若者たちに何を伝えたいか聞かれたとしたら、私は特に言いたいことはない。アドバイスと説教にうんざりしている彼らに、ただの一言も付け加えたくないというのが正直な気持ちだ。

私は、自分に才能があると思っていた時期があった。大した努力もせずに少しだけ、あちこちで認められた頃だ。でも私が本当に行きたかったところまでは、決して到達できなかった。もうすぐたどり着くかと思うと突然巨大な山が現れ、躍起になってその山を越えると今度は断崖が待っているような、とんでもない旅だった。これまで積み重ねてきた努力や私だけのカラーなど、あざわらうかのように打ち捨てられ、初めから、完璧にゼロから何のヒントもなしに、もう一度最初からやってみろ、できないのならやめろという指令が、当たり前のようにどこからか降ってきた。その指令はいつも、私が会うことすらできない誰かによって決められた。つまり結局、世の中が私に下した命令だった。

私は、彼らに同情することで自分を慰めた。私のことを知らない、名も知らぬ評価者たちが、世に出るはずだった貴重な何かを逃しているのだと、ハハハと、偽悪的なことを言って虚勢を張り、絶対に諦めないと必死になった。強いて言えば、それが私なりの反撃だった。しかし私が虚勢に満ちた同情を語ろうが疲れ果てて泣こうが、世の中は私にまったく関心がなかった。だからむしろ良かったとも言える。理想に到達するのは難しいもので、何度も失敗するのは私だけではないということでもあったから。

執筆しながら、ときどきカフェの中の若者たちに、ちらりと目をやった。それぞれ無表情で座って参考書を眺め、勉強会を作って模擬面接をしている疲れた顔。現実になるかどうかわからない目標を心に秘め、とにかく頑張っているという点で、彼らと私は同じ仲間だった。カフェには、コーヒーの香りのように甘美な音楽が流れていた。心を癒してくれる甘くロマンチックな歌だった。この作品がさまざまな暗くないジャズを背景にしているのは、そんな経緯からだ。私は、自分自身とあなたたちに聞きたかった。どんな大人になりたいのかと。今という時間をどのように記憶し、刻んでいくつもりなのかと。反撃がうまくいかないとしても、心の中にこころざしの一つくらいは持って生きるべきではないのかと。そんな問いや思いが集まって、この作品が生まれたのだと思う。

この小説を書いている間、夕方家に帰る時に嗅いだ、春の香りが微かに漂うひんやりした空気が鮮やかに思い出される。文章を完成した日に感じた気持ちの良いどきどき感も。確約のない未来を応援してくれる家族と、母親の心の中の戦争には関係なく笑ってくれる子どもがいたから、続けることができた。

ごちゃごちゃした気持ちが気恥ずかしくなるような大きな賞をいただいた。審査委員の先生方に感謝申し上げる。賞をいただいてから本が出るまでの期間は、二年半前の自分を確認し、その後の内面的な流れを振り返るきまりの悪い過程だった。素敵な意見をたくさんくださった編集者、カン・ゴンモさん、美しい表紙を作ってくださったデザイナー、クォン・イェジンさんとも握手を交わしたい。

何度も心に誓った。人の心に広がっていくような、どんな形であれ人の心に届くような作品を作り、書いていくと。守れるかどうか、不安がまず先に立つような誓いだ。その不安のために、その不安を人質として、心に誓う。

二〇一七年　秋

ソン・ウォンピョン

訳者あとがき

本書はソン・ウォンピョン著『三十の反撃（서른의 반격）』（ウネンナム、二〇一七）の全訳である。

著者ソン・ウォンピョンは、一九七九年ソウル生まれ。二十代でいくつかの短編映画の脚本、演出を手掛けるなど映画の世界でそのキャリアをスタートさせた後、小説の執筆を始め、二〇一六年に『アーモンド』でチャンビ青少年文学賞を受賞して作家デビューした。『アーモンド』は発売以来ベストセラーを続け、刊行三年後の二〇二〇年にはコロナ禍のなか、韓国で年間を通じて最も多くの人に読まれた小説となった。日本でも、邦訳版（拙訳、祥伝社）が二〇二〇年本屋大賞翻訳小説部門第一位を受賞している。

著者の二作目の小説となる本書『三十の反撃』は、二〇一五年に「普通の人」というタイトルで初稿が書かれ、二〇一七年三月に「一九八八年生まれ」のタイトルで済州（チェジュ）4・3平和文学賞を受賞、同年十月に『三十の反撃』とタイトルを改めて刊行されている。デビュー作の『アーモンド』が二〇一三年初稿、二〇一七年三月刊行だから、これに少し遅れてほぼ同時期に書き進めた作品ということになる。

この二つの作品について著者は、『アーモンド』が人間という存在そのものへの問いかけだとすれば、『三十の反撃』はどんな大人になるのかという問いへの著者なりの答えだと語っている。

その後、四人の男女の愛を色彩豊かに描いた長編小説『プリズム』（二〇二〇）、著者初の短編小説集となる『他人の家』（二〇二二）を刊行している。また、著者の念願だった、監督・脚本を手掛けた初の長編映画『侵入者』（邦題：食われる家族）が二〇二〇年公開された。

一見、順風満帆（じゅんぷうまんぱん）にキャリアを重ねてきたように見える著者だが、必ずしもそうとばかりは言えない。

本書の構想を練っていた二〇一〇年代の前半は彼女にとって、結婚と出産を経験する一方で、仕事面では行き詰まりに直面していた時期だ。数本の短編映画の実績はあったものの、長編映画を撮りたいという願いは決して叶えられずに、失敗に対する耐性ができたほどだと語っている。「自分の性格を考えると勤め人としてはうまくやって行けそうにない」と思って、二〇〇六年頃から少しずつ書き始めていたという小説の方でも何の成果もあげられないでいるつらい時期だったようだ。自分の文章が果たして世に出ることがあるのだろうか……。就職できないまま勉強し続けている感じだったとも。

映画人としても、小説家としても先の見えない状況の中で、目の前にそびえる厚い壁を前にして、それに跳ね返されながらも懸命に綴ったこの『三十の反撃』は、大人になる入り口で生き方を模索している若い人たちに、生きる希望と勇気を与えてくれるのではないだろうか。

『三十の反撃』は、社会の構造的矛盾に立ち向かう若者たちの抵抗の姿が「済州４・３」に通じると評価され、第五回済州４・３平和文学賞を受賞している（本稿末尾参照）。もっとも著者自身は本賞への応募を意図してこの小説を書いたのではなく、草稿完成後も「済州４・３」という名前がもつ重みから、この賞への投稿に躊躇を感じていたと語っている。

審査評の一部をご紹介したい。

――八八万ウォン世代の主人公が虚偽の世の中を変えようともがく生きざまが共感を呼ぶ。小さなチェ・ゲバラたちから希望をもらえる。

――韓国社会にはびこるニセモノたちや、弱者を巧妙に搾取する構造的矛盾に抵抗する若者たち。彼らの抵抗は悲壮でも英雄的でもなく、ゲームのように軽快に行われる。そんな抵抗の行動を経験しながら、自分の小さな従順な自我から抜け出し、主体的な自我を取り戻していく主人公。ウイットに溢れる、清々しくて愉快な小説だ。

（審査員：小説家ハン・スンウォン、ヒョン・ギヨン、文学評論家チェ・ウォンシク）

八八万ウォン世代とは、韓国で一九九七年のＩＭＦ危機以降急速に進行した経済構造改革のもとで、大学を卒業しても定職に就けず、非正規のアルバイトやインターンのわずかな収入（八八万ウォン、日本円で約八万四千円）で暮らす若者たちのことだ。韓国では大きな社会問題になっているが、将来への不安と世の中の不条理を感じながら、仕事も、結婚も……、そして夢までもあきらめて生きるしかない多くの若者たちがいるのは日本も変わらない。

物語の主人公ジへは、その八八万ウォン世代の一人。大学を卒業して非正規職のインターンとして働きながら、大企業の正社員を夢見て面接を受けては落ち続け、ただ惰性のような毎日を送っている半地下の部屋に暮らすどこにでもいるような三十歳の女性。世の中に出ていきたいのに出ていけない、誰にもわかってもらえない息苦しさと不満を抱えているけれど、自分を取り囲む理不尽に声を上げるなんて考えもしない。

そんな彼女が、同い年のギュオクと出会い、世の中のニセモノたちや不条理に対する反撃を開始する。

韓国でも日本でも、社会には理不尽なことはたくさんあるが、立場の弱い者が強い者に逆らったり意見したりすることはあまりない。立場が弱いのは自分の努力が足りないからだと思わされ、文句も言わず、また言わせてもらえないのが社会の現実だろう。しかし、誰も行動しなければ、何も変わらない。

今ほんの少しずつだが、世の中が動き始めているのかもしれない。トップの女性差別発言に怒った市民の行動が、次の行動を呼び、それが連鎖していって、変えられるなんて思ったこともなかった世の中を変えたのを、最近、私たちはこの日本でも目にしたばかりだ。

「間違っていることを間違っていると言うだけでも、少しは世の中が変わる」

物語の中のギュオクの言葉に勇気をもらえる。

「大人」ってどういう人だろう。世の中のおかしなことに声を上げるのではなく、訳知り顔に認めてしまう態度のこと？　その場の空気をちゃんと読んで、わきまえた言動ができること？

著者はインタビューで語っている。……子どもの頃は大人ってなんでもできる人だと思っていた。でも自分がそう呼ばれる年齢になってみると、大人ってそんな大層なものではなかった。体も、心も成長が止まって完成してしまった人というだけ。私は、大人だからといって完成した人ではなく、過程の人でいたいと思う。心の中に自らに対する質問を持ち続ける人。

「あなたが本当にやりたいことって何ですか？」

突然投げかけられた質問にためらいながら答えたジへだが、その質問は宿題のようにずっと彼女を苦しめた。物語は、自分が本当にやりたいことを模索するジヘへの心の軌跡を描いていく。

『三十の反撃』は、初稿のタイトルがそうであったように、「普通の人」の物語だ。立派な人は登場しない。主人公のジヘもその仲間たちもみんな、欠点も弱さも持つ人たちだ。悩みも不安も、少しずるいところだって抱えた等身大の私たちと言ってよいだろう。前作『アーモンド』では純粋な心を持つ主人公と、周囲の登場人物たちも人間としての魅力が際立って描かれていたのとは対照的だ。くじけそうになりながらも、自分の進む道を探してもがき続ける人生への挑戦は、また別な形で心に響く。

この作品のもう一つの特徴は大事な場面でジャズが効果的に使われていることだ。映像が目に浮かんでくるような文章と相まって、主人公の気持ちが音楽を通して耳からも伝わってくるように思える。まるで映画の一場面を観ているようだ。

ジヘが反撃の行動を決意する場面では、その背中を軽く押すように〈I'm beginning to see the light〉が流れ、公園で二人語り合う場面には、〈Don't get around much anymore〉とささやく声が恋を予感させる。そして、ついにジヘが好きだと告白する場面には〈My foolish heart〉が流れ、口笛でハモる甘い音色に耳元がじいんとする。読んでいる私たちもジャズを聴きながら、彼らの気持ちを一緒に味わってみるのもいいかもしれない。

訳者にとって、『アーモンド』に続いてのソン・ウォンピョンさんの作品となったが、前作との書き分けや共通点を見つけては一人うなずきながらの楽しい翻訳作業だった。最後のページを訳し終えたとき、清々しいラストに、なんだか生きていく勇気をもらえたような気がした。

著者のメッセージが、多くの読者の皆さんに届くことを心から願っている。

最後に、今回も訳者からの質問に丁寧に答えていただき、資料を送ってくださったソン・ウォンピョンさん、前作に引き続き編集を担当してくださった祥伝社文芸出版部の中川美津帆さん、そして、応援してくださったすべての方々に心から感謝したい。

二〇二一年　七月

矢島暁子

※「済州4・3平和文学賞」について

「済州4・3」は日本ではまだあまり知られていないが、一九四八年、アメリカ軍政下の済州島で、南北分断を決定的なものとする南朝鮮単独選挙に反発した住民たちが四月三日の明け方に蜂起し、これに対して軍・警察などが投入され、七年余りの間に弾圧によって三万人ともいわれる島民が犠牲となった事件である。長い間、真相を語ることはタブーとされてきたが、二〇〇〇年、4・3特別法の制定により、韓国政府による公式の真相究明が始まった。

済州4・3平和文学賞は、この悲惨な事件を記憶し、平和と人権、和解と共生を呼びかける事業として二〇一三年から毎年実施されている。

第一回受賞作はク・ソウンの『黒い砂』(邦訳版:李恵子訳、新幹社)、第二回ヤン・ヨンス『燃える島』、第三回チャン・ガンミョン『コメント部隊』、第四回チョン・ボムジョン『刀と鶴』、第六回はキム・ソユン『ナンジュ』。第七、八回は該当作なし。

略歴

著者　ソン・ウォンピョン（孫元平）

ソウル生まれ。西江（ソガン）大学で社会学と哲学を学び、韓国映画アカデミーで映画演出を専攻。多数の短編映画の脚本、演出を手掛け、「シネ21映画評論賞」、「科学技術創作文芸・シナリオシノプシス部門」を受賞。二〇二〇年には長編映画監督作品『侵入者』が公開された。

文壇デビュー作となった長編小説『アーモンド』（二〇一七）は、第十回チャンビ青少年文学賞を受賞。続いて出版された本作『三十の反撃』（二〇一七）は、第五回済州4・3平和文学賞を受賞している。他に、長編小説『プリズム』（二〇二〇）、短編小説集『他人の家』（二〇二一）がある。

邦訳版『アーモンド』（矢島暁子訳、祥伝社）で二〇二〇年本屋大賞翻訳小説部門第一位を受賞。

訳者　矢島暁子（やじまあきこ）

学習院大学文学部卒業。高麗大学大学院国語国文学科修士課程で国語学を専攻。訳書に『アーモンド』のほか、チョ・ナムジュ『ミカンの味』（朝日新聞出版）、イ・ギュテ『韓国人のこころとくらし――「チンダルレの花」と「アリラン」』（彩流社）、キム・エランほか『目の眩んだ者たちの国家』（新泉社）、洪宗善ほか『世界の中のハングル』（三省堂）がある。

切りとり線

あなたにお願い

この本をお読みになって、どんな感想をお持ちでしょうか。次ページの「100字書評」を編集部までいただけたらありがたく存じます。個人名を識別できない形で処理したうえで、今後の企画の参考にさせていただくほか、作者に提供することがあります。

あなたの「100字書評」は新聞・雑誌などを通じて紹介させていただくことがあります。採用の場合は、特製図書カードを差し上げます。

次ページの原稿用紙（コピーしたものでもかまいません）に書評をお書きのうえ、このページを切り取り、左記へお送りください。祥伝社ホームページからも、書き込めます。

〒一〇一―八七〇一　東京都千代田区神田神保町三―三
祥伝社　文芸出版部　文芸編集　編集長　坂口芳和
電話〇三（三二六五）二〇八〇　www.shodensha.co.jp/bookreview

◎本書の購買動機（新聞、雑誌名を記入するか、〇をつけてください）

_____新聞・誌の広告を見て	_____新聞・誌の書評を見て	好きな作家だから	カバーに惹かれて	タイトルに惹かれて	知人のすすめで

◎最近、印象に残った作品や作家をお書きください

◎その他この本についてご意見がありましたらお書きください

１００字書評

三十の反撃

住所

なまえ

年齢

職業

三十(さんじゅう)の反撃(はんげき)

令和3年8月20日　初版第1刷発行
令和4年4月10日　　　第3刷発行

著　者　ソン・ウォンピョン
訳　者　矢島暁子(やじまあきこ)
発行者　辻　浩明
発行所　祥伝社(しょうでんしゃ)
〒101-8701
東京都千代田区神田神保町3-3
☎03(3265)2081(販売部)
☎03(3265)2080(編集部)
☎03(3265)3622(業務部)

印　刷　萩原印刷
製　本　積信堂

ISBN978-4-396-63612-8　C0097　Printed in Japan
祥伝社のホームページ・www.shodensha.co.jp

祥伝社

四六判文芸書

アーモンド

「感情」がわからない少年・ユンジェ。
ばあちゃんは、僕を「かわいい怪物」と呼んだ――

ソン・ウォンピョン

矢島暁子 訳

2020年本屋大賞翻訳小説部門第1位！
全世代の心を打つ、感動と希望の成長物語。